新日檢試驗
N5
絕對合格
解析本

全MP3音檔下載導向頁面

http://www.booknews.com.tw/mp3/121240006-10.htm

iOS系請升級至iOS 13後再行下載
全書音檔為大型檔案，建議使用WIFI連線下載，以免占用流量，
並確認連線狀況，以利下載順暢。

はじめに

　試験を受けるとき、過去に出された問題を解いて、どのような問題が出るのか、それに対して現在の自分の実力はどうか、確認することは一般的な勉強法でしょう。しかし、日本語能力試験は過去の問題が公開されていません。そこで私たちは、外国籍を持つスタッフが受験するなどして日本語能力試験を研究し、このシリーズをつくりました。はじめて日本語能力試験N5を受ける人も、本書で問題形式ごとのポイントを知り、同じ形式の問題を3回分解くことで、万全の態勢で本番に臨むことができるはずです。本書『合格模試』を手にとってくださったみなさんが、日本語能力試験N5に合格し、さらに上の目標を目指していかれることを願っています。

編集部一同

前言：

　　解答歷年真題，確認試題中出現的題型並檢查自身實力，是廣大考生備考時普遍使用的學習方法。然而，日語能力考試的試題並未公開。基於以上現狀，我們通過讓外國籍員工實際參加考試等方法，對日語能力考試進行深入研究，並製作了本系列書籍。第一次參加N5考試的人，也能通過本書熟知各個大題的出題要點。解答三次與正式考試相同形式的試題，以萬全的態勢挑戰考試吧。衷心祝願購買本書《合格模試》的各位能在N5考試中旗開得勝，並追求更高的目標。

編輯部全體成員

もくじ
目録

この本の使い方

構成

模擬試験が3回分ついています。時間を計って集中して取り組んでください。終了後は採点して、わからなかったところ、間違えたところはそのままにせず、解説までしっかり読んでください。

対策 ▶ 日本語能力試験にはどのような問題が出るか、どうやって勉強すればいいのか確認する。

解答・解説 ▶ 正誤を判定するだけでなく、どうして間違えたのか確認すること。
 正答以外の選択肢についての解説。
えよう 問題文に出てきた語彙・表現や、関連する語彙・表現。

問題（別冊） ▶ とりはずし、最終ページにある解答用紙を切り離して使う。

スケジュール

JLPTの勉強開始時：第1回の問題を解いて、試験の形式と自分の実力を知る。

↓

苦手分野をトレーニング
- **文字・語彙・文法**：模試の解説で取り上げられている語・表現をノートに書き写しておぼえる。
- **読解**：毎日1つ日本語のまとまった文章を読む。
- **聴解**：模試の問題をスクリプトを見ながら聞く。

↓

第2回、第3回の問題を解いて、日本語力が伸びているか確認する。

↓

試験直前：もう一度同じ模試を解いて最終確認。

構成

　　本書附帶三次模擬試題。請計時並集中精力進行解答。解答結束後自行評分，對於不理解的地方和錯題不要將錯就錯，請認真閱讀解說部分。

 **考試對策**　　確認日語能力考試中出現的題型，並確認與之相應的學習方法。

解答・解說　　不僅要判斷正誤，更要弄明白自己解答錯誤的原因。

 對正確答案以外的選項進行解說。

 ★熟記單字及表現　問題中出現的詞彙、表達，以及與之相關的詞彙、表達。

試題（附冊）　　使用時可以單獨取出。答題卡可以用剪刀等剪下。

備考計劃表

備考開始時：解答第 1 回試題，瞭解考試的題型並檢查自身實力。

↓

針對不擅長的領域進行集中練習
- **文字・詞彙・語法：**將解說部分中提到的詞彙、表達抄到筆記本上，邊寫邊記。
- **閱讀：**堅持每天閱讀一篇完整的日語文章。
- **聽力：**反覆聽錄音，並閱讀聽力原文。

↓

解答第 2 回、第 3 回試題，確認自己的日語能力有沒有得到提高。

↓

正式考試之前：再次解答模擬試題，進行最終確認。

日本語能力試験（JLPT）
N5について

Q1 日本語能力試験（JLPT）ってどんな試験？

日本語を母語としない人の日本語力を測定する試験です。日本では47都道府県、海外では86か国（2018年実績）で実施。年間のべ100万人以上が受験する、最大規模の日本語の試験です。レベルはN5からN1まで5段階。以前は4級から1級の4段階でしたが、2010年に改訂されて、いまの形になりました。

Q2 N5はどんなレベル？

N5は、古い試験の4級にあたるレベルで、「基本的な日本語をある程度理解することができる」とされています。具体的には、「ひらがなやカタカナ、日常生活で用いられる基本的な漢字で書かれた定型的な語句や文、文章を読んで理解することができる」「教室や、身の回りなど、日常生活の中でもよく出会う場面で、ゆっくり話される短い会話であれば、必要な情報を聞き取ることができる」というレベルです。

Q3 N5はどんな問題が出るの？

試験科目は、①言語知識（文字・語彙）、②言語知識（文法）・読解、③聴解の3科目です。詳しい出題内容は08ページからの解説をご覧ください。

Q4 得点は？

試験科目と異なり、得点は、①言語知識（文字・語彙・文法）・読解、②聴解の2つに分かれています。①は0〜120点、②は0〜60点で、総合得点は0〜180点、合格点は80点です。ただし、①が38点、②が19点に達していないと、総合得点が高くても不合格となります。

Q5 どうやって申し込むの？

日本で受験する場合は、日本国際教育支援協会のウェブサイト（info.jees-jlpt.jp）から申し込みます。郵送での申し込みは廃止されました。海外で受験する場合は、各国の実施機関に問い合わせます。実施機関は公式サイトで確認できます。

詳しくは公式サイトでご確認ください。
https://www.jlpt.jp

關於日語能力測驗 N5 （JLPT）

Q1 關於日語能力測驗（JLPT）

該考試以母語不是日語的人士為對象，對其日語能力進行測試和評定。截止2018年，在日本47個都道府縣、海外86個國家均設有考點。每年報名人數總計超過100萬人，是全球最大規模的日語考試。該考試於2010年實行改革，級別由從前4級到1級的四個階段變為現在N5到N1的五個階段。

Q2 關於N5

N5的難度和原日語能力測驗4級相當，考查是否能夠在一定程度上理解基本的日語。譬如能夠讀懂平假名和片假名，能夠讀懂由日常基礎漢字寫成的固定短語、句子和文章；又或者在聽一段語速緩慢的關於教室、日常生活等身邊場面的簡短對話時，能夠聽懂其中的必要信息。

Q3 N5的考試科目

N5考試設有三個科目：①語言知識（文字・詞彙）、②語言知識（文法）・閱讀、③聽力。詳細出題內容請參閱解說（p008～）。

Q4 N5合格評定標準

通過單項得分和綜合得分來評定是否合格。N5分為兩個評分單項：①語言知識（文字•詞彙•文法）、閱讀；②聽力。①的滿分為120分，②的滿分為60分。綜合得分（①＋②）的滿分為180分，及格分為80分。但是，如果①的得分沒有達到38分，或者②的得分沒有達到19分，那麼即使綜合得分再高都不能視為合格。

Q5 報考流程 ※以下為在臺灣的報名方式，非原文對照

在臺灣國內申請考試者，①必須先至LTTC（財團法人言訓練測驗中心）的官網 https://www. jlpt. tw/index.aspx 註冊會員，成為會員後才能申請受測。②接著從頁面中的選項中點選「我要報名」，申請報名的動作並依指示繳費。③完成繳費後，於第3個以上的工作天後，可以再登入系統確認是否通過報名審核。詳細的報名流程可見 https://www.jlpt.tw/WebFile/nagare.pdf 說明。而申請在日本國內考試者，可以透過日本國際教育支援協會官網（info.jees-jlpt.jp）進行報名考試。此外，於其他國家報名考試者，請諮詢各國承辦單位。各國JLPT檢驗的承辦單位可以透過官網確認。

詳情請參看JLPT考試官網。
https://www.jlpt.jp

日本語能力測驗Ｎ５　題目型態及對策

語言知識（文字・語彙）

問題1　漢字讀音　共12題

選擇該日語漢字的正確讀音。

もんだい1 ＿＿＿＿ の ことばは ひらがなで どう かきますか。1・2・3・4から
いちばん いい ものを ひとつ えらんで ください。

れい1 その こどもは 小さいです。
　　　1　ちさい　　　　　2　ちいさい　　　　3　じさい　　　　4　じいさい

れい2 その しんごうを 右に まがって ください。
　　　1　みぎ　　　　　　2　ひだり　　　　　3　ひがし　　　　4　にし

こたえ：れい1　2、れい2　1

問題1 ＿＿＿的單字用平假名要怎麼寫？請從1、2、3、4的選項中選出一個最適合的答案。

例1 那個孩子很小。
　　　1　×　2　小的　3　×　4　×
例2 請在那個紅綠燈右轉。
　　　1　右　2　左　3　東　4　西

答案：例1　2、例2　1

POINT

れい1のように発音や表記の正確さが問われる問題と、れい2のように漢字と語彙の意味
の理解を問われる問題があります。れい2のような問題では、同じようなジャンルの語彙
が選択肢に並びますが、問題文全体を読むと、正答が推測できる場合があります。

要點：此類題型大致可以分為兩種情況。如例1所示，重點考察詞彙的讀音或寫法是否正確；而例2則考察
漢字的讀音和對詞彙意思的理解。諸如例2的問題，四個選項詞彙類型相同，因此可以從文脈中推測出填入
該處的詞彙的意思，因此要養成做題時把問題從頭到尾讀一遍的習慣。

勉強法

れい1のパターンでは、発音が不正確だと正解を選べません。漢字を勉強す
るときは、音とひらがなを結び付けて、声に出して確認しながら覚えましょ
う。一見遠回りのようですが、これをしておけば聴解力も伸びます。

學習方法：諸如例1的問題，如果讀音不正確則無法選中正確答案。學習日語漢字時，確認該漢字的讀音，
並將整個詞彙大聲讀出來，邊讀邊記。這種方法不僅可以幫助我們高效記憶，也能夠間接提高聽力水平。

選擇與該平假名詞彙相對應的片假名或者漢字。

> もんだい2　＿＿＿＿の　ことばは　どう　かきますか。1・2・3・4から　いちばん　いい
> ものを　ひとつ　えらんで　ください。
>
> れい　この　テレビは　すこし　やすいです。
> 　　　　1　低い　　　　　　2　高い　　　　　3　安い　　　　　4　悪い
>
> こたえ：3
>
> 問題2　＿＿＿的單字的漢字要怎麼寫？請從1、2、3、4的選項中選出一個最適合的答案。
>
> 例　這台電視稍微便宜一些。
> 　　1　低的　2　高的　3　便宜的　4　不好的
>
> 答案：3

POINT

> 漢字の表記を問う問題に加えて、カタカナの表記を答える問題も出題されます。漢字の場合は、形が似ている漢字が選択肢に並びます。カタカナの場合は、「ソ」と「ン」、「ツ」と「シ」、「ウ」と「ワ」、「ク」と「タ」などの区別ができているかが問われます。

要點: 此類題型，除了考查日語漢字的寫法外，也會考查片假名詞彙的寫法。考查漢字寫法的問題，通常情況下四個選項的漢字形狀相似；片假名詞彙的問題，則重點考查是否能夠區分譬如 "ソ" 和 "ン" 、 "ツ" 和 "シ" 、 "ウ" 和 "ワ" 、 "ク" 和 "タ" 等這類型狀相似的片假名。

勉強法

> カタカナは、書き順・形と音を正しく結びつけて覚えることが大切です。身の回りのカタカナのことばを何度も書いて覚えるようにしましょう。
> 漢字の学習は、語彙の学習と一緒に行うといいでしょう。ひらがなだけではなく、漢字もあわせて覚えると効果的です。送り仮名も正確に覚えるようにしましょう。

學習方法：學習片假名時，要注意書寫筆順，同時也要將形態和讀音結合起來記。平時多留意身邊的片假名詞彙，多寫多記才能掌握牢固。
由於日語的詞彙很多都是由漢字和平假名組成的，因此漢字學習最好與詞彙學習一起進行，以提高學習效果。同時，記住該漢字在該詞彙中的讀法也很重要。

問題3　文脈規定　共10題

在（　　）中填入恰當的詞語。

> もんだい3　（　　）に　なにが　はいりますか。1・2・3・4から　いちばん　いい　も
> のを　ひとつ　えらんで　ください。
>
> れい　きのう　サッカーを　（　　　）しました。
> 　　　　1　れんしゅう　　2　こしょう　　　　3　じゅんび　　　　4　しゅうり
>
> 　　　　　　　　　　　　　　　　　　　　　　　　　　　　　　　　　　　　　こたえ：1
>
> 問題3　該放入什麼字？請從1・2・3・4中選出最適合的選項。
>
> 例　昨天（　）了足球。
> 　　1　練習　2　故障　3　準備　4　修理
>
> 　　　　　　　　　　　　　　　　　　　　　　　　　　　　　　　　　　　答案：1

POINT

> 名詞、形容詞、副詞、動詞のほか、助数詞やカタカナ語の問題が出題されます。

要點：除名詞、形容詞、副詞、動詞以外，此類題型也經常考查量詞和片假名詞彙。

勉強法

> 動詞の問題では、文中に出てくる名詞がヒントになることがあります。動詞
> を覚えるときは、「しゃしんをとります」のように名詞とセットにして覚える
> といいでしょう。
> 語彙を勉強するときは、単語の意味だけを覚えるのではなく、例文ごと覚え
> ると、意味と使い方が記憶に残りやすくなります。

學習方法：考查動詞的問題，文中出現的名詞常常會成為解題的提示。學習動詞時，可以把該動詞和與之
對應的名詞一起，作為一個詞組記下來，如“しゃしんをとります”。
學習詞彙時，不僅要記住詞彙的意思，還要掌握該詞彙的用法，記住完整的例句，可以讓印象更深刻。

選擇與＿＿＿＿部分意思相近的選項。

> もんだい4　＿＿＿＿の　ぶんと　だいたい　おなじ　いみの　ぶんが　あります。1・2・
> 3・4から　いちばん　いい　ものを　ひとつ　えらんで　ください。
>
> れい　わたしは　にほんごの　ほんが　ほしいです。
> 　　　1　わたしは　にほんごの　ほんを　もって　います。
> 　　　2　わたしは　にほんごの　ほんが　わかります。
> 　　　3　わたしは　にほんごの　ほんを　うって　います。
> 　　　4　わたしは　にほんごの　ほんを　かいたいです。
>
> こたえ：4
>
> 問題4　選項中有句子跟＿＿＿的句子意思幾乎一樣。請從1、2、3、4中選出一個最適合的答案。
>
> 例　我想要日文的書。
> 　　1　我擁有日文書。
> 　　2　我看得懂日文書。
> 　　3　我正在賣日文書。
> 　　4　我想要買日文書。
>
> 答案：4

POINT

> まず4つの選択肢の異なっている部分を見て、最初の文の対応している部分と比べます。共通している部分はあまり気にしなくていいです。

要點：首先觀察4個選項不同的部分，並與下劃線句子中相對應的部分進行比較。選項中相同的部分則不必太在意。

勉強法

> 前のページのれいの場合、「ほしいです」の部分が言い換えられていることがわかりますから、ここに注目して選択肢を見ます。形容詞や動詞は、反対の意味のことばと一緒に覚えておくと役に立ちます。

學習方法：從上述例題中可以看出來，"ほしいです"的部分被替換成了別的表達，因此需要特別注意此處並慎重選擇。形容詞和動詞的情況，可以將與之對應的反義詞一同記住。

語言知識 （文法）・讀解

問題1　句子的文法1（文法型式的判斷）　共13題

在（　　）中填入最恰當的詞語。

> もんだい1　（　　）に　何を　入れますか。1・2・3・4から　いちばん　いい　ものを
> 一つ　えらんで　ください。
>
> れい　きのう　ともだち（　　）　こうえんへ　いきました。
> 　　　1　と　　　2　を　　　3　は　　　4　や
>
> 　　　　　　　　　　　　　　　　　　　　　　　　　　　　こたえ：1
>
> 問題1　（　）內要放什麼進去？請從1、2、3、4的選項中選出一個最適合的答案。
>
> 例　昨天我（　）朋友去了公園。
> 　　　1　和　2　把　3　是　4　及
>
> 　　　　　　　　　　　　　　　　　　　　　　　　　　　答案：1

POINT

（　　　）に入る語は、1文字の助詞から始まりますが、だんだん文字数が多くなり、動詞を含む10文字程度のものも出題されます。2人の会話形式のものもあります。問題文を読んで状況を理解し、時制や文末表現（〜ます、〜ました、〜ましょう、〜ません など）に注意して正解を選びましょう。

要點：填入（　　　）中的詞，除了單個文字的助詞外，也有複數個文字的動詞、名詞等。每個問題大概10個字，有時也會出現對話形式的問題。仔細閱讀問題，理解問題中描述的情景，同時注意時態或句末表達（〜ます，〜ました，〜ましょう，〜ません 等），並選擇正確答案。

勉強法

助詞の問題は必ず出題されます。それぞれの助詞がどのように使われるかを例文で覚えるといいでしょう。新しい文法を覚えるときは、実際に使われる場面をイメージして覚えます。会話で覚えるのも効果的です。

學習方法：此類題型一定會出現考查助詞的問題，可以通過例句記住每個助詞的用法。在學習新的語法時，想像該語法實際使用的場景能夠加深印象。此外，通過對話進行記憶也很有效果。

將4個選項進行排序以組成正確的句子，在＿＿★＿＿填入相對應的數字。

> もんだい2　＿＿★＿＿に　入（はい）る　ものは　どれですか。1・2・3・4から　いちばん　いい
> ものを　一（ひと）つ　えらんで　ください。
>
> A「いつ　＿＿＿＿　＿＿＿＿　＿＿★＿＿　＿＿＿＿　か。」
> B「3月（がつ）です。」
> 1　くに　　　　　　　2　へ　　　　　　3　ごろ　　　　　4　かえります
>
> こたえ：2
>
> 問題2　該放進＿＿★＿＿的單字是哪一個？請從1、2、3、4的選項中選出一個最適合的答案。
> A「你大概何時回國？」
> B「三月。」
> 1　國家　2　×（表示目的地）　3　大概　4　回去
>
> 答案：2

POINT

> 4つの選択肢を見て、どれとどれがつながるのかを考えます。＿＿＿＿＿の前後のことばにも
> 注目して考えると、つながりを予測しやすくなります。★の位置は問題ごとに異なります。
> 2番目か3番目にあることが多いですが、違う場合もあるので注意しましょう。

要點：4個選項中，由於某些選項可以互相組成詞組，所以需要仔細觀察。同時，從＿＿＿＿＿前後的詞語中也可以推測出文章的聯貫性。每個問題★的位置都不一樣，通常會出現在第2或第3個空白欄處，但也有例外，要注意。

勉強法

> 文型を覚えるときは、接続する形を確実に覚えるようにしましょう。たとえ
> ば、「〜ながら」の文型は、「動詞ます形の『ます』をとって『ながら』をつ
> ける」ということまで理解しておく必要があります。

學習方法：　學習句型知識時，要切實記住句子的接續規律。例如"〜ながら"的句型，需要理解並記住"ながら"之前接動詞ます形去掉ます的形式（如"食べながら""飲みながら"等）。

閱讀短文，選擇符合文章大意的選項。

もんだい3 れい1 から れい4 に 何を 入れますか。ぶんしょうの いみを かんがえて、1・2・3・4から いちばん いい ものを 一つ えらんで ください。

アナさんと どうぶつえんへ 行きました。どうぶつえんは れい1 おもしろい ところでした。どうぶつえんで ぞうを 見ました。どうぶつえんの 近くに カフェが ありました。わたしたちは カフェで サンドイッチを れい2 。食事を しながら 国の ことを 話しました。たくさん あるきましたから つかれました。 れい3 、とても たのしかったです。

れい1	1 にぎやか	2 にぎやかに	3 にぎやかな	4 にぎやかで

れい2	1 食べます	2 食べています	3 食べました	4 食べましょう

れい3	1 それに	2 でも	3 だから	4 では

こたえ：れい1 4、れい2 3、れい3 2

問題3 請考量整體文意並分別從例1~例4該放入什麼字？思考文章的意義，從1・2・3・4中選出最適合的答案。

我和安娜去了動物園。動物園是個既 例1 有趣的地方。我在動物園看到了大象。動物園附近有一間咖啡廳，我們在咖啡廳 例2 三明治。我們一邊用餐一邊聊自己的國家。雖然因為走了很多路而感到疲累。 例3 卻非常地開心。

例1 1 熱鬧 2 熱鬧地 3 熱鬧的 4 熱鬧又
例2 1 吃 2 正在吃 3 吃了 4 一起吃吧
例3 1 而且 2 但是 3 所以 4 那麼

答案：例1 4、例2 3、例3 2

POINT

あるテーマについて学生が書いた作文が2つ示されます。1つの作文は130字程度で、その中に2つまたは3つの空所があります。接続詞は、順接（だから、それで など）・逆接（でも、しかし など）・添加（それに、そして、それから など）がよく出題されます。前後の文を読んでつながりを考えましょう。文中・文末表現は、助詞や文型の知識が必要です。作文で説明されている場面を理解して、どのような意味になるのか考えると、正解が推測しやすくなります。

要點：該大題會出現兩篇學生寫的話題作文。每篇作文130字左右，其中會有兩到三個空白處。接續詞經常考查順接（だから，それで等）、逆接（でも，しかし等）、添加（それに，そして，それから等）。考查接續詞的問題，需要閱讀空白處前後的句子，並思考相互間的聯繫。考查句中、句末表達的問題，需要用到助詞或句型知識。理解文章中所描述的場景，思考作者想要表達的意思，從而推斷出正確答案。

問題4　理解內容（短篇文章）　1題×3

閱讀一篇約80字左右的文章，選出與文章內容有關的答案。

POINT

お知らせやメモなどを含む短い文章を読み、文章の主旨を理解したうえで正しい選択肢を
選ぶ問題です。質問を読んで、問われている部分を本文中から探し出し、印をつけて、選
択肢と照らし合わせます。

要點：該大題需要閱讀通知、筆記等簡短文章，在理解文章主旨的基礎上選擇正確答案。仔細閱讀問題，
在文章中找出被問及的部分，做好標記，並與選項對照。

問題5　理解內容（中篇文章）　2題×1

閱讀一篇約250字左右的文章，選出與文章內容有關的答案。

POINT

日常的な話題を題材にした文章（作文）が出題されます。質問は、下線部や文章全体の理
解を問うものです。特に理由を問う問題は、下線部の前後にヒントがある場合が多いです。

要點：該大題需要閱讀以日常話題為題材的文章（作文）。問題涉及對下劃線部分以及對文章全體的理
解。特別是詢問理由的問題，通常可以在下劃線的前後文中找到提示。

學習方法：首先，粗略地閱讀整篇文章，用自上而下的方法來把握文章大意；然後閱讀問題，並仔細觀察下劃線部分前後的語句等，用自下而上的方法仔細閱讀與解答相關的部分。在日常的閱讀訓練中，要有意識地並用"自上而下"和"自下而上"這兩種閱讀方法，先粗略閱讀全文，把握文章大意後，再仔細閱讀。

問題6　收集資訊　共1題

閱讀題目（廣告、宣傳小冊子等內容），從中找出必要的資訊並回答問題。

POINT

何かの情報を得るためにチラシなどを読むという、日常の読解活動に近い形の問題です。質問に含まれる日時や料金など問題を解く手がかりになるものには下線を引き、表やチラシの該当する部分を丸で囲むなどすると、答えが見えてきます。

要點：日常生活中，人們常常為了獲取信息而閱讀傳單等宣傳物品，因此，此類題型與我們日常的閱讀活動非常相近。此類題型經常會對日期、時間以及費用進行提問。認真讀題，在與解題線索有關的句子下畫線，然後在表格或宣傳單中找到並標出與之相對應的部分，這樣的話答案就會一目了然。

聴解

POINT

「この問題では何を聞き取るのか」を常に意識しておくことが大切です。問題形式ごとに着目すべきポイントが異なりますから、注意しましょう。イラストがある問題は、はじめにイラストに目を通しておくと、落ち着いて解答することができます。

要點：解答聽力問題時，要意識到"這個問題需要聽取的內容是什麼"。每個大題需要留意的地方都不同，因此要注意。有插圖的問題，事先將插圖過目一遍，就可以冷靜答題了。

勉強法

聴解は、読解のようにじっくり情報について考えることができません。わからない語彙があっても、瞬時に内容や発話意図を把握できるように、たくさん練習して慣れましょう。とはいえ、やみくもに聞いても聴解力はつきません。話している人の目的を把握したうえで聞くようにしましょう。また、聴解力を支える語彙・文法の基礎力と情報処理スピードを上げるため、語彙も音声で聞いて理解できるようにしておきましょう。

學習方法：聽力無法像閱讀那樣仔細地進行思考。即使有不懂的詞彙，也要做到能夠瞬間把握對話內容和表達意圖，所以大量的練習非常重要。話雖如此，沒頭沒腦地聽是無法提高聽力水平的。進行聽力訓練的時候，要養成把握說話人的目的的習慣。另外，詞彙、語法和信息處理速度是聽力的基礎，因此在學習詞彙時，可以邊聽邊學，這也是一種間接提高聽力水平的方法。

聽兩個人的對話，聽取解決某一課題所需的信息。

もんだい1では、はじめに　しつもんを　きいて　ください。それから　はなしを　きいて、もんだいようしの　1から4の　なかから、いちばん　いい　ものを　ひとつ　えらんで　ください。

```
┌─────────────────┐
│ じょうきょうせつめ │
│ いとしつもんを聞く │
└─────────────────┘
         ▼
┌─────────────────┐
│ かいわを聞く      │
└─────────────────┘
         ▼
┌─────────────────┐
│ もう一度しつもんを聞く │
└─────────────────┘
         ▼
┌─────────────────┐
│ 答えをえらぶ      │
└─────────────────┘
```

🔊 男の人と女の人が話しています。女の人は、明日まずどこへ行きますか。

🔊 M：明日、映画を見に行きませんか。
　　F：すみません。明日はアメリカから友だちが来ますから、ちょっと…。
　　M：そうですか。空港まで行きますか。
　　F：いいえ、電車の駅で会います。それから、いっしょに動物園へ行きます。

🔊 女の人は、明日まずどこへ行きますか。

```
1　どうぶつえん
2　えいがかん
3　くうこう
4　でんしゃの　えき
```

答え：4

在問題1中，請先聽問題。聽完對話後，從試題冊上1～4的選項中，選出一個最適當的答案。

```
┌─────────────────┐
│ 聆聽情境說明與問題 │
└─────────────────┘
         ▼
┌─────────────────┐
│ 聆聽對話內容      │
└─────────────────┘
         ▼
┌─────────────────┐
│ 再聽一次問題      │
└─────────────────┘
         ▼
┌─────────────────┐
│ 選出正確答案      │
└─────────────────┘
```

🔊 女性跟男性在講話，女性明天要先去哪裡？

🔊 男：明天要不要和我一起去看電影？
　　女：不好意思。明天我有朋友從美國來，所以不太方便。
　　男：這樣啊。你要去機場嗎？
　　女：不，我在電車站和他碰面。接著再一起去動物園。

🔊 女性明天要先去哪裡？

```
1　動物園
2　電影院
3　機場
4　電車站
```

答案：4

　１回目の質問をよく聞いて、聞き取るべきポイントを理解することが大切です。この問題では、「会話のあとでどのように行動するか」が問われますから、その根拠となる部分を聞き取りましょう。

要點：認真聽開頭的提問，理解該問題應該聽取的要點是什麼。此類題型會問到"對話結束後如何行動"，因此要注意聽取成為其依據的部分。

問題2　理解重點　共6題

聽兩個人或者一個人的會話，聽取整段會話的要點。

もんだい2では、はじめに　しつもんを　きいて　ください。それから　はなしを　きいて、もんだいようしの　1から4の　なかから、いちばん　いい　ものを　ひとつ　えらんでください。

じょうきょうせつめいとしつもんを聞く

▼

話を聞く

▼

もう一度しつもんを聞く

▼

答えをえらぶ

🔊 学校で、男の学生と女の先生が話しています。男の学生はいつ先生と話しますか。

🔊 M：先生、レポートのことを話したいです。
　　F：そうですか。これから会議ですから、3時からはどうですか。
　　M：すみません、3時半からアルバイトがあります。
　　F：じゃあ、明日の9時からはどうですか。
　　M：ありがとうございます。おねがいします。
　　F：10時からクラスがありますから、それまで話しましょう。

🔊 男の学生はいつ先生と話しますか。

1　きょうの　3じ
2　きょうの　3じはん
3　あしたの　9じ
4　あしたの　10じ

こたえ：3

在問題2中，請先聽問題。聽完對話後，從試題冊上1～4的選項中，選出一個最適當的答案。

聆聽情境說明與問題

▼

聆聽發言或對話內容

▼

再聽一次問題

▼

從選項中選出正確答案

🔊 學校裡男學生和女老師正在交談。男學生要在什麼時候去找老師談話？

🔊 男：老師，我想和您談報告的事。
女：是嗎？接下來我要去開會，三點可以嗎？
男：不好意思，我三點半要打工。
女：那麼，明天九點可以嗎？
男：謝謝您。麻煩您了。
女：由於我十點有課，所以我們在那之前談完好嗎？

🔊 男學生要在什麼時候去找老師談話？

1 今天三點
2 今天三點半
3 明天九點
4 明天十點

答案：3

POINT

もんだい1と同様に、1回目の質問をよく聞いて、聞き取るべきポイントを理解することが大切です。この問題では、聞くべきことが質問で示されるので、ポイントを絞って聞く練習を重ねましょう。

要點：和第一大題一樣，第二大題也需要認真聽開頭的提問，並理解該問題應該聽取的要點是什麼。該大題會在開頭的提問中明確指出應該聽取的內容，因此要抓住要點與重點來聽，同時也要注意平時的積累。

問題3 講話表達 共5題

看插圖並聽錄音，選擇最適合該場景的表達。

もんだい3では、えを みながら しつもんを きいて ください。→（やじるし）の ひとは なんと いいますか。1から3の なかから、いちばん いい ものを ひとつ えらんで ください。

イラストを見る

▼

じょうきょうせつめいを聞く

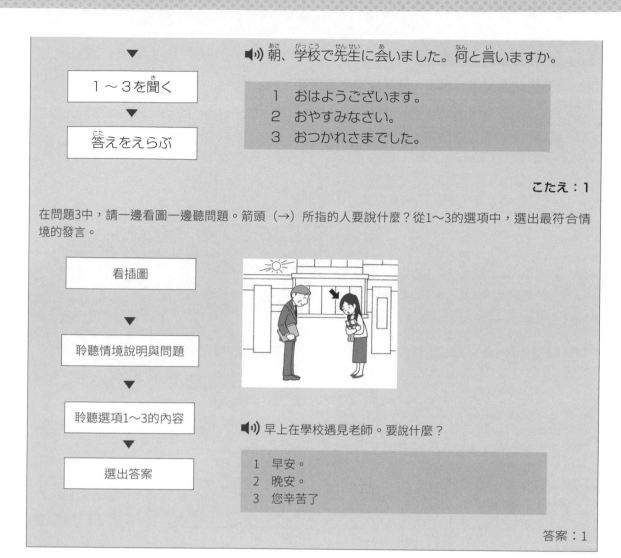

▼

1〜3を聞く

▼

答えをえらぶ

🔊 朝、学校で先生に会いました。何と言いますか。

1 おはようございます。
2 おやすみなさい。
3 おつかれさまでした。

こたえ：1

在問題3中，請一邊看圖一邊聽問題。箭頭（→）所指的人要說什麼？從1〜3的選項中，選出最符合情境的發言。

看插圖

▼

聆聽情境說明與問題

▼

聆聽選項1〜3的內容

▼

選出答案

🔊 早上在學校遇見老師。要說什麼？

1 早安。
2 晚安。
3 您辛苦了

答案：1

POINT

最初に流れる状況説明と問題用紙に描かれたイラストから、場面や登場人物の関係をよく理解したうえで、その状況にふさわしい伝え方、受け答えを考えましょう。

要點：根據最初播放的場景描述以及插圖，在理解對話場景或者登場人物的關係的基礎上，思考適合該場合的傳達和應答方式。

聽一句簡短的提問或者請求，選擇最適合的應答。

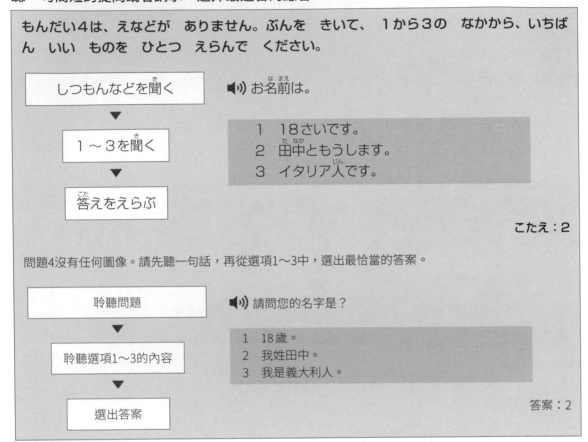

もんだい4は、えなどが　ありません。ぶんを　きいて、　1から3の　なかから、いちばん　いい　ものを　ひとつ　えらんで　ください。

しつもんなどを聞く

↓

1～3を聞く

↓

答えをえらぶ

◀)) お名前は。

1　18さいです。
2　田中ともうします。
3　イタリア人です。

こたえ：2

問題4沒有任何圖像。請先聽一句話，再從選項1～3中，選出最恰當的答案。

聆聽問題

↓

聆聽選項1～3的內容

↓

選出答案

◀)) 請問您的名字是？

1　18歲。
2　我姓田中。
3　我是義大利人。

答案：2

勉強法

もんだい3と4には、挨拶や、日常生活でよく使われている依頼、勧誘、申し出などの表現がたくさん出てきます。日頃から注意して覚えておきましょう。文型についても、読んでわかるだけでなく、耳から聞いてもわかるように勉強しましょう。

學習方法：在問題3和4中，會出現很多寒暄語，也會出現很多日常生活中經常使用的請求、勸誘、提議等表達。如果平時用到或者聽到這樣的話語，就將它們記下來吧。句型也一樣，不僅要看得懂，也要聽得懂。

試題中譯（注意事項）

語言知識（文字・語彙）

★ 選項中標示「×」時，指無此發音之詞彙（專有名詞除外），為混淆考生用的選項。

★ 當選項中的假名一音多義時，只取一近義詞或任意擇一使用；此外，當選項恰巧符合某日語中少用的單一生僻詞彙時，亦會列出。

語言知識（文法）・讀解

★ 選項中標示「×」時，指該詞語以下幾種狀況：①無意義、②也許有意義但無法與題目構成文法、③無法使問題通順。

時間的分配 ⏰

考試就是在和時間賽跑。進行模擬測驗時，也要確實地計算自己作答的時間。
下表為大致的時間分配。

語言知識（文字・語彙）25分鐘

問題 問題	問題數 問題數	かける時間の目安 大題時間分配	1問あたりの時間 小題時間分配
問題1	共12題	4分鐘	20秒
問題2	共8題	3分鐘	20秒
問題3	共10題	7分鐘	40秒
問題4	共5題	4分鐘	40秒

語言知識（文法）・讀解 50分鐘

問題	問題數	大題時間分配	小題時間分配
問題1	共12題	6分鐘	30秒
問題2	共5題	5分鐘	1分鐘
問題3	共5題	10分鐘	2分鐘
問題4	1題×3篇文章	9分鐘	每篇短篇文章 （共1題）3分鐘
問題5	2題×1篇文章	8分鐘	每篇中篇文章 （共2題）8分鐘
問題6	1題	7分鐘	7分鐘

聽解 30分

第1回　解答・解説

解答・解説

N5 げんごちしき (もじ・ごい)

じゅけんばんごう Examinee Registration Number

なまえ Name

〈ちゅうい Notes〉

1. くろいえんぴつ (HB、No.2) でかいてください。
Use a black medium soft (HB or No.2) pencil.
(ペンやボールペンではかかないでください。)
(Do not use any kind of pen.)

2. かきなおすときは、けしゴムできれいにけしてください。
Erase any unintended marks completely.

3. きたなくしたり、おったりしないでください。
Do not soil or bend this sheet.

4. マークれい Marking Examples

よいれい Correct Example	わるいれい Incorrect Examples
●	⊗ ◯ ◉ ⊘ ◍ ⦶ ◖

もんだい1

	1	2	3	4
1	①	②	③	●
2	①	●	③	④
3	①	②	●	④
4	①	②	●	④
5	①	②	③	●
6	①	②	●	④
7	①	②	③	●
8	①	②	③	●
9	①	②	●	④
10	①	②	③	●
11	●	②	③	④
12	●	②	③	④

もんだい2

	1	2	3	4
13	①	②	●	④
14	①	②	●	④
15	●	②	③	④
16	①	②	③	●
17	①	②	③	●
18	●	②	③	④
19	①	②	●	④
20	①	②	③	●

もんだい3

	1	2	3	4
21	●	②	③	④
22	●	②	③	④
23	①	②	●	④
24	●	②	③	④
25	●	②	③	④
26	①	●	③	④
27	●	②	③	④
28	①	●	③	④
29	①	●	③	④
30	①	②	●	④

もんだい4

	1	2	3	4
31	●	②	③	④
32	●	②	③	④
33	①	●	③	④
34	●	②	③	④
35	●	②	③	④

ごうかくもし かいとうようし

N5 げんごちしき (ぶんぽう)・どっかい

じゅけんばんごう
Examinee Registration Number

なまえ
Name

〈ちゅうい Notes〉

1. くろいえんぴつ (HB、No.2) でかいてください。
Use a black medium soft (HB or No.2) pencil.
(ペンやボールペンではかかないでください。)
(Do not use any kind of pen.)

2. かきなおすときは、けしゴムできれいにけしてください。
Erase any unintended marks completely.

3. きたなくしたり、おったりしないでください。
Do not soil or bend this sheet.

4. マークれい Marking Examples

よいれい Correct Example	わるいれい Incorrect Examples
●	⊗ ○ ◯ ◑ ⊘ ●

もんだい1

	1	2	3	4
1	①	●	③	④
2	①	●	③	④
3	①	●	③	④
4	①	②	③	●
5	①	●	③	④
6	●	②	③	④
7	①	②	③	●
8	①	②	●	④
9	●	②	③	④
10	①	●	③	④
11	①	②	●	④
12	●	②	③	④
13	●	②	③	④
14	①	●	③	④
15	①	②	③	●
16	①	②	●	④

もんだい2

	1	2	3	4
17	①	②	●	④
18	①	●	③	④
19	①	②	●	④
20	●	②	③	④
21	①	②	③	●

もんだい3

	1	2	3	4
22	①	●	③	④
23	①	②	●	④
24	①	②	●	④
25	①	②	●	④
26	●	②	③	④

もんだい4

	1	2	3	4
27	①	②	③	●
28	①	②	③	●
29	①	②	●	④

もんだい5

	1	2	3	4
30	①	●	③	④
31	●	②	③	④

もんだい6

	1	2	3	4
32	①	●	③	④

ごうかくもし かいとうようし

N5 ちょうかい

第1回

じゅけんばんごう
Examinee Registration Number

なまえ
Name

〈ちゅうい Notes〉

1. **くろいえんぴつ (HB、No.2) でか
   いてください。**
   Use a black medium soft (HB or No.2)
   pencil.
   **(ペンやボールペンではかかないでく
   ださい。)**
   (Do not use any kind of pen.)

2. **かきなおすときは、けしゴムできれ
   いにけしてください。**
   Erase any unintended marks completely.

3. **きたなくしたり、おったりしないでく
   ださい。**
   Do not soil or bend this sheet.

4. **マークれい Marking Examples**

よいれい Correct Example	わるいれい Incorrect Examples
●	⊗◯⊘⦵⊖●

もんだい1

	1	2	3	4
れい	①	②	③	●
1	①	②	③	●
2	①	②	●	④
3	①	②	●	④
4	①	●	③	④
5	●	②	③	④
6	①	●	③	④
7	●	②	③	④

もんだい2

	1	2	3	4
れい	①	②	●	④
1	①	②	●	④
2	①	②	●	④
3	①	②	③	●
4	●	②	③	④
5	●	②	③	④
6	●	②	③	④

もんだい3

	1	2	3
れい	●	②	③
1	●	②	③
2	①	●	③
3	①	●	③
4	①	②	●
5	●	②	③

もんだい4

	1	2	3
れい	●	②	③
1	●	②	③
2	①	②	●
3	①	●	③
4	①	●	③
5	①	②	●
6	①	②	●

第一回　得分表

		配分	答對題數	分數
文字・語彙	問題1	1分×12題	／12	／12
	問題2	1分×8題	／8	／8
	問題3	1分×10題	／10	／10
	問題4	2分×5題	／5	／10
文法	問題1	2分×16題	／16	／32
	問題2	2分×5題	／5	／10
	問題3	3分×5題	／5	／15
讀解	問題4	4分×3題	／3	／12
	問題5	4分×2題	／2	／8
	問題6	3分×1題	／1	／3
	合計	120分		／120

		配分	答對題數	分數
聽解	問題1	3分×7題	／7	／21
	問題2	3分×6題	／6	／18
	問題3	3分×5題	／5	／15
	問題4	1分×6題	／6	／6
	合計	60分		／60

※此評分表的分數分配是由ASK出版社編輯部對問題難度進行評估後獨自設定的。

語言知識（文字・語彙）

問題1

1 4 あたらしい

新しい：新、嶄新

🔊 2 やさしい：簡單；親切

3 たのしい：開心、快樂

2 1 てんき

天気：天氣

🔊 3 電気：電燈

3 4 おもい

重い：重

🔊 1 おそい：慢

2 多い：多

3 とおい：遠

4 3 ゆうめい

有名な：有名

5 2 みみ

耳：耳朵

🔊 1 頭：頭

3 足：腳

4 目：眼睛

6 3 ひだり

左：左邊

🔊 1 西：西邊

2 東：東邊

4 右：右邊

7 4 ねえ

お姉さん・姉：姐姐

お兄さん・兄：哥哥

8 4 はいります

入ります：進入

🔊 1 まいります：去；來（謙讓語）

2 帰ります：回、歸來

3 いります：需要

9 1 しゃちょう

社長：社長

10 4 はん

～時半：～點半

🔊 1 ～分：～分

3 ～本：表示細長物體的量詞

11 1 ようか

八日：八號（日期）

🔊 2 四日：四號（日期）

3 六日：六號（日期）

4 九日：九號（日期）

12 1 なか

～の 中：…的裡面

問題2

13 3 パソコン

パソコン：電腦

14 3 先生

先生：老師

15 2 開けます

開けます：開、打開

🖊 1 閉めます：關、關閉

16 4 雨

雨：雨

17 2 金

金曜日：星期五

18 4 母

母：母親

🖊 1 百：百
2 白：白

19 1 食べます

食べます：吃

20 4 休みます

休みます：休息

問題3

21 2 テレビ

テレビ：電視

ニュース：新聞

🖊 1 ボタン：按鈕
3 フォーク：叉子
4 ギター：吉他

22 2 かりて

借ります：借

🖊 1 かかります：花費（金錢）；耗費（時間）

3 かぶります：戴（帽子）
4 帰ります：回、歸來

23 4 うわぎ

上着：外衣

🖊 1 めがね：眼鏡
2 くつ：鞋子
3 ぼうし：帽子

24 1 およぎました

泳ぎます：游泳

🖊 2 むかえます：迎、迎接
3 生まれます：出生
4 送ります：送

25 1 だい

〜だい：表示車輛或機器的量詞

🖊 2 〜まい：表示片狀物的量詞
3 〜ひき：表示動物的量詞
4 〜こ：〜個、表示一般事物的量詞

26 2 つめたい

つめたい：冷、涼

🖊 1 きたない：髒
3 長い：長
4 いそがしい：忙

27 3 かけます

（電話を）かけます：打（電話）

🖊 1 話します：說、講
2 （電気を）つけます：開（燈）
4 はらいます：支付

28 4 どちら

どちら：哪個；哪裡

🖊 1 いつ：什麼時候
3 どこ：哪裡

文字・語彙

文法

讀解

聽解

試題中譯

29 3 じょうず

じょうずな：擅長、拿手

1 きれいな：乾淨；漂亮
2 おいしい：好吃、美味
4 べんりな：便利、方便

30 4 とらないで

～ないで ください：請不要…

（写真を）とります：拍（照片）

1 （たばこを）すいます：吸（煙）
2 のぼります：攀、登
3 ぬぎます：脱、脱下

問題4

31 1 しごとは　9じに　はじまって　5じに　おわります。工作是九點開始，五點結束。

Aから Bまで：從A到B
始まります：開始
終わります：結束

3・4 ～時間：～小時

32 2 せんせいは　いま　がっこうに　いません。老師現在不在學校。

もう：已經；再

1 まだ：還（未）、仍舊
4 ときどき：有時

33 1 ちちの　ちちは　けいさつかんです。我父親的父親是警官。

そふ：祖父
けいさつかん：警察
父：父親

2 母：母親
3 きょうだい：兄弟姐妹

4 りょうしん：父母

34 3 いもうとは　いつも　ひまじゃ　ありません。我妹妹並非總是有空。

妹：妹妹
毎日：每天

いそがしい＝ひまじゃない（忙碌）

1・2 ときどき：有時
3・4 いつも：經常、總是
1 にぎやかな：熱鬧
2 たのしい：開心、快樂
4 へたな：不擅長、拙劣

35 1 かなさんは　あいさんに　おもしろい　DVDを　かしました。加奈借給小愛一部很有趣的DVD。

かなさん（加奈）→[DVD]→あいさん（小愛）

Aは Bに ～を 借ります：A向B借…
Bは Aに ～を 貸します：B借給A…
おもしろい：有趣

2・4 Aは Bに ～を もらいます：A從B處得到…

語言知識（文法）・讀解

◆ 文法

問題1

1 2 に

[時間]＋に：在、於（表示時間）

例 毎朝 9時に 起きます。　我在每天早上九點起床。

2 3 を

[場所]＋を：表示通過某處。

例 公園を さんぽします。　在公園散步。

3 2 で

〜 で 何が いちばん 好きですか：在…中你最喜歡什麼？

例 この クラスで だれが いちばん せが 高いですか。　這個班級中誰的身高最高？

4 4 や

Aや B：例舉具有代表性的事物。

例 ひきだしの 中に はさみや ペンが あります。　抽屜中有剪刀及筆。

5 3 の

Aの B：在給B增加說明及描述時使用的句型。A會是有關B的訊息。

例 日本語の 本／女の 先生　日文的書／女的老師

6 2 ね

ね：表示同感或共鳴。

例 A「暑いですね。」B「そうですね。」
A：「天氣好熱喔。」B：「就是說啊。」

7 3 この

この＋[名詞]：這個[名詞]

例 この カレーは からいです。　這咖哩很辣。

8 4 あまり

あまり 〜ない：不怎麼…

例 きょうは あまり さむくない。　今天不太冷。

9 4 も

Aは 〜です。Bも 〜です。：表示B具有與A相同的性質。

例 木村さんは 日本人です。田中さんも 日本人です。　木村先生是日本人。田中先生也是日本人。

10 1 あそびに

[動詞ます形]＋に 行きます：去做某事（使用動詞ます形）

例 海へ およぎに 行きます。　我要去海邊游泳。

11 2 どの

どの＋[名詞]：哪個[名詞]

例 どの 本を 買いますか。　你要買哪一本書？

12 3 どのぐらい

どのぐらい：多長時間；多少錢

例 A「大学まで どのぐらい かかりますか。」B「1時間ぐらいです。」

A：「到大學要花多久的時間？」

B：「1小時左右。」

13 3 だれも

だれも ～ません：誰也沒…

例 まだ だれも 来ません。　還沒有任何人來。

14 1 なにに

～に します：表示從眾多事物中選擇其中一個。

例 お昼ごはんは サンドイッチに します。

午餐就決定吃三明治。

15 4 かぶっている

～を かぶります：（從頭上）戴、蓋、蒙

～ている 人：以動作、服裝或身上配戴的物品來說明某人。

例 A「ダンさんは どの人 ですか。」B「黒い セーターを 着ている 人です。」

A：「哪一位是鄧先生？」

B：「穿著黑色毛衣的人。」

16 2 おねがいします

よろしく おねがいします：對初次見面的人說的寒暄語。

問題2

17 3

大学　2の　4べんきょう　3は　1どう　ですか。

大學2的4課業3×1怎麼樣？

～は どうですか：…怎麼樣？

18 1

わたしは日本の　2うた　4を　1うたう　3の　がすきです。

我日本的2歌4×1唱3×很喜歡。

[動詞辞書形] ＋のが 好きです：喜歡做某事（使用動詞辭書形）

歌：歌曲

歌う：唱歌

19 3

山川さんは　1おんがくを　4きき　3ながら　2しゅくだいを　しています。

山川同學1音樂4聽3一邊，一邊做2作業。

A [動詞ます形] ＋ながら＋B [動詞]：做「A（動詞ます形）」的同時也在做「B（動詞）」。

宿題：作業

20 4

この　3教室　1では　4たばこ　2を　すわないでください。

這間3教室1時4菸2×請不要吸。

～ないで ください：請不要…

21 4

りょこうのとき、　2ふるい　1おてらへ　4行ったり　3スキーを　したりしました。

旅行時，我2古老的1寺廟4又去、又去3滑雪了。

～たり、～たり：又…又…（表示例舉）

問題3

22 2 に

[場所] ＋に：表示人或者事物存在的場所。

23 1 でも

でも：但是

🖊 2 もっと：更

3 では：那麼

4 あとで：在…之後；稍後

24 4 働いて います　正在工作

※表示職業會使用「～ て います」。

例 銀行で 働いて います。【仕事】

　　在銀行工作。【工作】

　　今 ご飯を 食べて います。【動作の進行】

　　現在正在吃飯。【動作的進行】

25 3 休みでした　休息。

※因為是「きのう（昨天）」、所以要使用過去式。

26 2 会いたいです　想要見面。

また：再、再次

～たいです：想要…

例 また 遊びに 来て ください。　請再來玩。

例 のどが かわきましたから、水が 飲みたいです。　口渴了，所以想喝水。

◆ 讀解

問題4

（1）　27 3

> 　わたしは　子どもの　とき、きらいな　食べものが　ありまし
> た。にくと　やさいは　好きでしたが、**さかなは　好きじゃ　あり**
> **ませんでした**。今は、さかな料理も　大好きで、よく　食べます。
> でも、今　ダイエットを　していますから、あまいものは　食べ
> ません。
>
> 　我小時候曾有討厭的食物。當時我喜歡吃肉和蔬菜，但**並不喜歡吃**
> **魚**。現在則是連魚類料理都很喜歡，也很常吃。不過因為我正在減重，所
> 以不能吃甜食。

――當時並不喜歡吃魚＝討
厭吃魚

熟記單字及表現

□にく：肉　　　　　　　□やさい：蔬菜

□さかな：魚　　　　　　□ダイエット：減肥

□あまいもの：甜食

（2）　28 4

> コウさんへ
>
> 　映画の　チケットが　2まい　あります。いっしょに　行きませ
> んか。
>
> 　場所は、駅の　前の　映画館です。今週の　土曜日か　日曜日に
> 行きたいです。
>
> **コウさんは　いつが　いいですか。電話で　教えて　ください。**
>
> 　　　　　　　　　　　　　　　　　　　　　　メイ
>
> Kou：
> 　我有二張電影票。你要不要和我一起去看？地點是車站前的電影院，
> 我想在這個週六或週日去看。
> **Kou 你是什麼時候方便呢？再請你打電話告訴我。**
>
> 　　　　　　　　　　　　　　　　　　　　　　Mei

――Kou要打電話告訴Mei，
他想要什麼時候去。

熟記單字及表現

□映画（えいが）：電影

□チケット：票

□映画館（えいがかん）：電影院

□教えます（おしえます）：告知

(3) 29 3

Aクラスの　みなさんへ

高木（たかぎ）先生（せんせい）が　病気（びょうき）に　なりました。今日（きょう）の　午後（ごご）の　授業（じゅぎょう）は　あ
りません。

あしたは　午後（ごご）から　授業（じゅぎょう）が　あります。**あさっては　午前（ごぜん）だけ**
授業（じゅぎょう）が　あります。

あさっての　授業（じゅぎょう）で　かんじの　テストを　しますから、テキス
トの　21ページから　23ページまでを　べんきょうして　くだ
さい。

12月（がつ）15日（にち）

ASK 日本語学校（にほんごがっこう）

致 A 班全體同學
高木老師生病了。今天下午不上課。
明天是下午上課。**後天則只有上午要上課。**
後天將在課堂上進行漢字測驗，請讀過講義 21 頁到 23 頁的內容。

12 月 15 日
ASK 日語學校

漢字測驗在後天上午。

今天是12月15日，所
以後天是12月17日。

熟記單字及表現

□病気（びょうき）に　なります：生病

□午後（ごご）：下午

□授業（じゅぎょう）：上課

□あさって：後天

□午前（ごぜん）：上午

□テキスト：課本、教科書

30 2　31 2

ルカさんと　出かけました

リン・ガク

先週の　日曜日、朝ごはんを　食べた　あとで、おべんとうを　作りました。わたしは　料理が　好きですから、いつも　じぶんで　ごはんを　作ります。それから、ルカさんと　会って、いっしょに　海へ　およぎに　行きました。わたしは　たくさん　およぎました。でも、ルカさんは　①およぎませんでした。30「きのう　おそくまで　おきて　いましたから、ねむいです。」と言って、休んで　いました。そのあと、わたしが　作った　おべんとうを　いっしょに　食べました。

　ルカさんは　来週　たんじょうびですから、プレゼントを　あげました。電車の　本です。ルカさんは、電車が　好きで、いつも　電車の　話を　しますが、わたしは　よく　わかりません。きのう、図書館で　②電車の　本を　かりました。31この本を　読んで、ルカさんと　電車の　話を　したいです。

和 Luka 一起出門了

Lin Gaku

　　上週日吃完早餐後，我做了便當。我因為喜歡作菜，所以總是自己做飯。隨後我和 Luka 見面，一起去海邊游泳。我游了很久，不過 Luka①**沒有游泳**。30 他說：「我昨天很晚才睡，所以很想睡覺」，他說完便**一直在休息**。之後，我們一起吃了我做的便當。

　　Luka 下週生日，所以我送了禮物給他，是電車的書。他很喜歡電車，總是在聊電車的話題，但我聽不太懂。昨天我在圖書館 ② **借了電車的書**。**31 讀完這本書之後，我想和 Luka 聊電車的話題**。

30　昨天很晚才睡所以很想睡覺。因此不想游泳。

31　想要和Luka聊電車的話題。因此借了電車的書。

⭐**熟記單字及表現**

□おべんとう：便當
□泳ぎます：游泳
□誕生日：生日
□電車：電車
□あまり　わかりません：不是很懂
□図書館：圖書館
□借ります：借

問題6

32 **2**

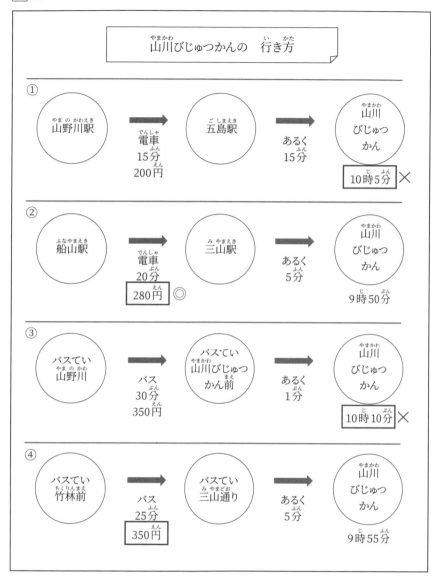

想在10點前到達→①和③不符條件

便宜的比較好→比起④，②比較便宜

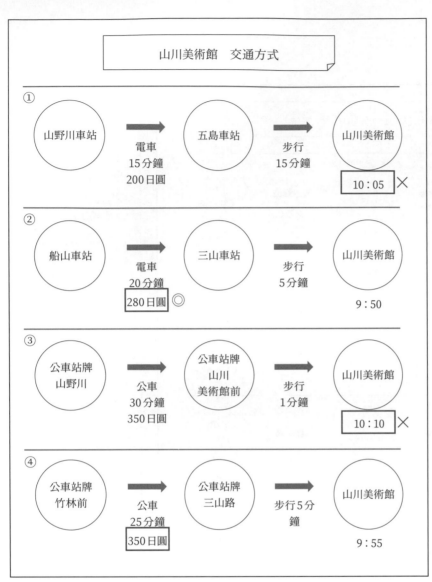

山川美術館　交通方式

① 山野川車站 → 電車 15分鐘 200日圓 → 五島車站 → 步行 15分鐘 → 山川美術館 10：05 ✕

② 船山車站 → 電車 20分鐘 280日圓 ◎ → 三山車站 → 步行 5分鐘 → 山川美術館 9：50

③ 公車站牌 山野川 → 公車 30分鐘 350日圓 → 公車站牌 山川 美術館前 → 步行 1分鐘 → 山川美術館 10：10 ✕

④ 公車站牌 竹林前 → 公車 25分鐘 350日圓 → 公車站牌 三山路 → 步行5分鐘 → 山川美術館 9：55

　熟記單字及表現

□美術館（びじゅつかん）：美術館
□行（い）き方（かた）：怎麼去、走法
□バスてい：公車站

聴解

問題1

例　4

🔊 N5_1_03

男の人と女の人が話しています。女の人は、明日まずどこへ行きますか。

M：明日、映画を見に行きませんか。

F：すみません。明日はアメリカから友だちが来ますから、ちょっと…。

M：そうですか。空港まで行きますか。

F：いいえ、電車の駅で会います。それから、いっしょに動物園へ行きます。

女の人は、明日まずどこへ行きますか。

女性跟男性在講話，女性明天要先去哪裡？

男：明天要不要和我一起去看電影？
女：不好意思。明天我有朋友從美國來，所以不太方便。
男：這樣啊。你要去機場嗎？
女：不，我在電車站和他碰面。接著再一起去動物園。

女性明天要先去哪裡？

第1題　4

🔊 N5_1_04

女の人と男の人が話しています。女の人ははじめに何をしますか。

F：すみません。パスポートを作りたいんですが…。

M：では、この紙に名前と住所などを書いてください。それから、3階の受付に行ってください。写真を持ってきましたか。

F：あ、家にわすれました。

M：では、**書く前に、2階で写真をとってください。**

首先去拍照，之後再填寫申請書。

F：はい、わかりました。

女の人ははじめに何をしますか。

女性跟男性在講話。女性一開始要做什麼？

女：不好意思，我想申請護照⋯
男：那麼請在這張紙上填寫姓名及地址。然後請至三樓的櫃台辦理。您有
帶照片來嗎？
女：啊，我忘在家裡了。
男：那麼，**在填寫資料前，請先到二樓去拍照。**
女：好的，我知道了。

女性一開始要做什麼？

熟記單字及表現

□**パスポート**：護照　　　　　□**紙**：紙、紙張
□**住所**：住址　　　　　　　　□**受付**：接待處
□**写真を とります**：拍照

第2題　3　　　　　　　　　　　　　　　🔊 N5_1_05

会社で、女の人と男の人が話しています。女の人は何を買ってき
ますか。

F：おなかがすきましたね。みんなの昼ごはんを買ってきましょ
うか。

M：えっ、いいですか。ありがとうございます。

F：**私はサンドイッチを食べます。**中村さんもサンドイッチですか。

M：**私はおにぎりがいいです。**田中さんと山下さんは、おべんと
うがいいと思います。

F：わかりました。じゃ、行ってきます。

女の人は何を買ってきますか。

一男一女正在公司交談。女性要買什麼東西回來？

女：肚子餓了呢。我幫大家買午餐回來吧？
男：欸，可以嗎？謝謝妳。
女：**我要吃三明治。**中村先生也是吃三明治嗎？
男：**我要飯糰。田中和山下，我想買便當比較好。**
女：我知道了。我這就去買。

女性要買什麼東西回來？

女性：三明治

男性（中村先生）：飯
糰

田中和山下：便當 X 2

★熟記單字及表現

□おなかが すきます：肚子餓
□サンドイッチ：三明治
□おにぎり：飯糰
□おべんとう：便當

第3題　3

🔊 N5_1_06

学校で、男の学生と女の先生が話しています。男の学生は本をど
こに置きますか。

M：先生、日本語の本を返します。どうもありがとうございまし
た。

F：いいえ。じゃあ、たなの中にもどしてください。

M：はい。時計の下のたなでいいですか。

F：あ、すみません。次の授業でリーさんに貸しますから、<u>私の
つくえの上に置いてください。</u> ——————— 男學生把書放在老師的
桌子上

M：わかりました。

男の学生は本をどこに置きますか。

校園內，男學生和女老師正在交談。男學生把書放在哪裡？

男：老師，我來還日文的書。非常謝謝您。
女：不用客氣。那麼，請你放回架子上。
男：好的，是時鐘下方的架子嗎？
女：啊，不好意思。因為下一堂課要借給 Lee，<u>所以請你放在我的桌子
上</u>。
男：我知道了。

男學生把書放在哪裡？

★熟記單字及表現

□置きます：放、擱　※字典形是「置く」
□返します：返還、歸還
□たな：架子
□もどします：放回
□貸します：借出
□つくえ：桌子

文字・語彙

文法

讀解

聽解

試題中譯

教室で、先生が学生に話しています。学生は、明日何時に教室へ行きますか。

F：明日のテストは、1ばんの教室でします。10時半まではほかのクラスが使います。**このクラスは11時からです。** テストの説明をしますから、**テストが始まる10分前に教室へ来てください。**

　　　　　　　　　　　　　　　　　　　　　　　　11點開始測驗。

　　　　　　　　　　　　　　　　　　　　　　　　測驗開始的10分鐘前＝10：50

学生は、明日何時に教室へ行きますか。

教室中老師正在對學生說話。學生明天幾點要到教室？

女：明天的測驗將在 1 號教室進行。十點半之前有其他的班級使用。**你們班是從十一點開始**。由於要說明測驗的事宜，所以**請在測驗開始前十分鐘到達教室**。

學生明天幾點要到教室？

★ 熟記單字及表現

□**教室**：教室　　　　　　　　□**使います**：使用
□**説明を します**：說明

男の人と女の人が話しています。男の人はどこへ行きますか。

M：すみません。銀行に行きたいんですが…。

F：銀行ですか。まず、この道をまっすぐ行ってください。**あそこにデパートがありますね。あの道を右にまがってください。花屋のとなりにありますよ。**

　　　　　　　　　　　　　　　　　　　　　　　　直走到百貨公司所在的路口右轉，銀行就在花店的隔壁。

M：わかりました。ありがとうございます。

男の人はどこへ行きますか。

女性跟男性在講話。男性要去哪裡？

男：不好意思，我想去銀行。
女：銀行嗎？首先請順著這條路直走，
　　那裡有一間百貨公司。在那裡右轉，
　　銀行就在花店的隔壁。
男：我知道了，非常謝謝您。

男性要去哪裡？

熟記單字及表現

□<ruby>銀行<rt>ぎんこう</rt></ruby>：銀行

□デパート：商場、百貨商店

□<ruby>右<rt>みぎ</rt></ruby>に まがります：向右轉

□<ruby>花<rt>はな</rt></ruby><ruby>屋<rt>や</rt></ruby>：花店

□～の となり：～的旁邊

第6題　2

◀)) N5_1_09

<ruby>電話<rt>でん わ</rt></ruby>で、レストランの<ruby>人<rt>ひと</rt></ruby>と<ruby>男<rt>おとこ</rt></ruby>の<ruby>人<rt>ひと</rt></ruby>が<ruby>話<rt>はな</rt></ruby>しています。<ruby>男<rt>おとこ</rt></ruby>の<ruby>人<rt>ひと</rt></ruby>はいつ
レストランへ<ruby>行<rt>い</rt></ruby>きますか。

F：お<ruby>電話<rt>でん わ</rt></ruby>ありがとうございます。さくらレストランです。

M：あのう、**<ruby>明日<rt>あした</rt></ruby>の７<ruby>時<rt>じ</rt></ruby>に３<ruby>人<rt>にん</rt></ruby>で<ruby>予約<rt>よ やく</rt></ruby>をしたいんですが…。** ── 明天＝週一

F：**<ruby>申<rt>もう</rt></ruby>し<ruby>訳<rt>わけ</rt></ruby>ありません。<ruby>毎週月曜日<rt>まい しゅう げつ よう び</rt></ruby>はお<ruby>休<rt>やす</rt></ruby>みです。**<ruby>火曜日<rt>か よう び</rt></ruby>か<ruby>水曜<rt>すい よう</rt></ruby>
<ruby>日<rt>び</rt></ruby>はどうですか。

M：うーん、<ruby>水曜日<rt>すい よう び</rt></ruby>はちょっと…。**あさっての７<ruby>時<rt>じ</rt></ruby>はどうですか。** ── 後天＝週二

F：**はい、だいじょうぶです。あさっての７<ruby>時<rt>じ</rt></ruby>ですね。**

M：はい。よろしくおねがいします。

<ruby>男<rt>おとこ</rt></ruby>の<ruby>人<rt>ひと</rt></ruby>はいつレストランへ<ruby>行<rt>い</rt></ruby>きますか。

餐廳的人正在和一位男性講電話。男性何時去餐廳？

女：櫻花餐廳，您好。謝謝您的來電。
男：你好…<u>我想預約明天七點，三個人</u>。
女：**非常抱歉，每週一是我們的公休日。**方便改為週二或週三嗎？
男：唔…週三不太方便。<u>後天的七點可以嗎？</u>
女：**好的，沒問題。後天的七點對吧。**
男：是的，麻煩您了。

男性何時去餐廳？

熟記單字及表現

□<ruby>予約<rt>よ やく</rt></ruby>：預約

□だいじょうぶ：表示「沒問題」。

花屋で、お店の人と男の人が話しています。男の人はどれを買い
ますか。

F：いらっしゃいませ。

M：あのう、花を買いたいんですが。

F：お誕生日のプレゼントですか。

M：はい。友だちの誕生日です。

F：では、この大きい花はどうですか。とてもきれいですよ。

M：そうですね。じゃあ、**それを2本ください。**　　　　　　　　　　他買了大朵的花二朵，
　　　　　　　　　　　　　　　　　　　　　　　　　　　　　　　　小朵的花三朵。

F：あ、こちらの小さい花もいっしょにどうですか。もっときれい
　　ですよ。

M：そうですね。じゃあ、**小さい花も3本ください。**

F：わかりました。ありがとうございます。

男の人はどれを買いますか。

花店中有一名男子正在和店裡的人交談。男性買了什麼花？

女：歡迎光臨。
男：你好，我想買花。
女：是生日禮物嗎？
男：是的，朋友的生日。
女：那麼這種大朵的花如何？很漂亮喔。
男：看起來不錯呢。那麼**請給我二朵。**
女：啊，再搭配這種小朵的花如何？這樣會更漂亮喔。
男：說得也是。那麼，**小朵的花也請你給我三朵。**
女：我知道了。謝謝您的惠顧。

男性買了什麼花？

 熟記單字及表現

□ 花屋：花店
□ 誕生日：生日
□ もっと：更

問題2

例 3

◀)) N5_1_12

学校で、男の学生と女の先生が話しています。男の学生はいつ先生と話しますか。

M：先生、レポートのことを話したいです。

F：そうですか。これから会議ですから、3時からはどうですか。

M：すみません、3時半からアルバイトがあります。

F：じゃあ、明日の9時からはどうですか。

M：ありがとうございます。おねがいします。

F：10時からクラスがありますから、それまで話しましょう。

男の学生はいつ先生と話しますか。

學校裡男學生和女老師正在交談。男學生要在什麼時候去找老師談話？

男：老師，我想和您談報告的事。
女：是嗎？接下來我要去開會，三點可以嗎？
男：不好意思，我三點半要打工。
女：那麼，明天九點可以嗎？
男：謝謝您。麻煩您了。
女：由於我十點有課，所以我們在那之前談完好嗎？

男學生要在什麼時候去找老師談話？

第1題 2

◀)) N5_1_13

デパートで、男の人とお店の人が話しています。男の人のかばんはどれですか。

M：すみません。このお店にかばんをわすれましたが、知りませんか。

F：どんなかばんですか。

M：**黒くて大きいかばんです。**

F：かばんの中に何が入っていますか。

M：カギと手紙とペンが入っています。あ、**ペンはポケットに入っていますから、カギと手紙だけです。**

包包裡放了鑰匙和信件。

F：こちらのかばんですか。

M：あ、はい。ありがとうございます。

男の人のかばんはどれですか。

百貨公司內有一名男子正在和店裡的人交談。男性的包包是哪一個？

男：不好意思，我把包包忘在店裡了，請問您有看到嗎？
女：是什麼樣的包包？
男：**黑色的大包包**。
女：包包裡放了什麼？
男：鑰匙、信件和筆。啊，**筆在我的口袋裡，所以只有鑰匙和信件**。
女：是這個包包嗎？
男：啊，沒錯。非常謝謝您。

男性的包包是哪一個？

熟記單字及表現

□**かばん**：皮包、公事包　　□**カギ**：鑰匙
□**手紙**：信、信件　　　　　□**ポケット**：口袋

第2題　4

🔊 N5_1_14

女の人と男の人が話しています。二人は明日何をしますか。

F：ミンクさん、明日の午後、一緒にプールへ泳ぎに行きませんか。

M：すみません、明日は朝、田中さんとテニスをしてから、レストランへ行きます。ちょっとつかれますから、**プールじゃなくて、公園をさんぽしませんか。**

F：いいですね。じゃ、明日の午後、会いましょう。

二人は明日何をしますか。

女性跟男性在講話。這二人明天要做什麼？

女：Mink，明天下午要不要和我一起去游泳池游泳？
男：抱歉，我明天早上要和田中打網球，打完球之後還要去餐廳。因為會有點累，所以**我們別去游泳池，改去公園散步好嗎？**
女：好啊。那我們明天下午碰面吧。

這二人明天要做什麼？

因為很累，所以不想游泳。散散步就好。

熟記單字及表現

□プール：游泳池　　　　　　　□さんぽします：散歩

第3題　4

🔊 N5_1_15

学校で、先生が学生に話しています。学生は、明日何を持って行きますか。

F：明日はみんなで美術館に行きます。学校からバスで行きますから、チケットを買う**お金を持ってきてください。**それから、美術館の人のお話を聞きますから、**ペンとノートもいります。**写真をとってはいけませんから、**カメラは持ってこないでくださいね。食べものや飲みものもだめです。**

学生は、明日何を持って行きますか。

學校中，老師正在對學生說話。學生明天要帶什麼去？

女：明天我們要去美術館。由於是從學校搭公車去，所以購買車票的**錢請帶來**。另外，因為要聆聽美術館人員的介紹，所以還要帶**筆和筆記本**。館內不能拍照，因此**請不要攜帶相機入館，也不能攜帶食物和飲料**。

學生明天要帶什麼去？

要攜帶的東西：錢、筆、筆記本。

不要攜帶的東西：照相機、食物、飲料

熟記單字及表現

□美術館：美術館　　　　　　　□チケット：票
□いります：需要

第4題　1

🔊 N5_1_16

女の人と男の人が話しています。女の人は、お父さんの誕生日プレゼントに何を買いますか。

F：来週、父の誕生日です。誕生日プレゼントは、何がいいと思いますか。

M：時計はどうですか。いいお店を知っていますよ。

F：**時計ですか…。ちょっと高いですね。** ── 時鐘：太貴

M：じゃあ、お酒はどうですか。お父さん、好きなワインはありますか。

F：<ruby>父<rt>ちち</rt></ruby>は<ruby>お酒<rt>さけ</rt></ruby>があまり<ruby>好<rt>す</rt></ruby>きじゃないから…。 ——————— 酒：父親並不喜歡

M：うーん…、おさいふやネクタイとかは？

F：そうですね。**この<ruby>前<rt>まえ</rt></ruby>、<ruby>新<rt>あたら</rt></ruby>しいネクタイがほしいと<ruby>言<rt>い</rt></ruby>っていまし** ——————— 買領帶

　　たから、それにします。

<ruby>女<rt>おんな</rt></ruby>の<ruby>人<rt>ひと</rt></ruby>は、お<ruby>父<rt>とう</rt></ruby>さんの<ruby>誕生日<rt>たんじょうび</rt></ruby>プレゼントに<ruby>何<rt>なに</rt></ruby>を<ruby>買<rt>か</rt></ruby>いますか。

女性跟男性在講話。女性要買什麼生日禮物給父親？

女：下週是我父親的生日。你覺得我要買什麼生日禮物給他？
男：時鐘怎麼樣？我知道一家不錯的店。
女：時鐘啊…有點貴呢。
男：那，買酒怎麼樣？你的父親有喜歡的葡萄酒嗎？
女：我父親不太喜歡酒…。
男：唔…那錢包或領帶呢？
女：聽起來不錯。**他之前說過想要一條新的領帶，就買領帶好了。**

女性要買什麼生日禮物給父親？

熟記單字及表現

□<ruby>時計<rt>とけい</rt></ruby>：鐘錶　　　　　　　　□<ruby>お酒<rt>さけ</rt></ruby>：酒

□ワイン：紅酒　　　　　　　　□さいふ：錢包、錢夾

□ネクタイ：領帶

第5題　1

<ruby>男<rt>おとこ</rt></ruby>の<ruby>人<rt>ひと</rt></ruby>と<ruby>女<rt>おんな</rt></ruby>の<ruby>人<rt>ひと</rt></ruby>が<ruby>話<rt>はな</rt></ruby>しています。<ruby>男<rt>おとこ</rt></ruby>の<ruby>人<rt>ひと</rt></ruby>の<ruby>妹<rt>いもうと</rt></ruby>は、どんな<ruby>仕事<rt>しごと</rt></ruby>をし

ていますか。

M：<ruby>木村<rt>きむら</rt></ruby>さんは<ruby>何人家族<rt>なんにんかぞく</rt></ruby>ですか。

F：<ruby>私<rt>わたし</rt></ruby>は<ruby>父<rt>ちち</rt></ruby>と<ruby>母<rt>はは</rt></ruby>と<ruby>姉<rt>あね</rt></ruby>の<ruby>4人家族<rt>よにんかぞく</rt></ruby>です。<ruby>田中<rt>たなか</rt></ruby>さんは？

M：<ruby>私<rt>わたし</rt></ruby>は<ruby>6人家族<rt>ろくにんかぞく</rt></ruby>で、<ruby>兄<rt>あに</rt></ruby>と<ruby>弟<rt>おとうと</rt></ruby>と<ruby>妹<rt>いもうと</rt></ruby>がいます。<ruby>兄<rt>あに</rt></ruby>は<ruby>病院<rt>びょういん</rt></ruby>で<ruby>働<rt>はたら</rt></ruby>いてい

　　ます。<ruby>弟<rt>おとうと</rt></ruby>は<ruby>電気<rt>でんき</rt></ruby>の<ruby>会社<rt>かいしゃ</rt></ruby>で<ruby>働<rt>はたら</rt></ruby>いていて、**<ruby>妹<rt>いもうと</rt></ruby>は<ruby>外国人<rt>がいこくじん</rt></ruby>に<ruby>日本語<rt>にほんご</rt></ruby>を** ——————— 男性的妹妹是日語教師。

　　<ruby>教<rt>おし</rt></ruby>えています。

F：そうですか。<ruby>私<rt>わたし</rt></ruby>の<ruby>姉<rt>あね</rt></ruby>は、<ruby>銀行<rt>ぎんこう</rt></ruby>で<ruby>働<rt>はたら</rt></ruby>いていますよ。

<ruby>男<rt>おとこ</rt></ruby>の<ruby>人<rt>ひと</rt></ruby>の<ruby>妹<rt>いもうと</rt></ruby>は、どんな<ruby>仕事<rt>しごと</rt></ruby>をしていますか。

女性跟男性在講話。男性的妹妹是從事什麼工作？

男：木村小姐的家裡有幾個人？
女：我家有四個人，我爸、我媽還有我姐姐。田中先生呢？

男：我家有六個人，我有哥哥、弟弟和妹妹。哥哥在醫院工作，弟弟在電力公司上班，**妹妹則是在教外國人日語。**
女：這樣啊。我姐姐是在銀行工作。

男性的妹妹是從事什麼工作？

熟記單字及表現

□病院：醫院　　　　　　　□働きます：工作
□電気の会社：電力公司　　□外国人：外國人
□銀行：銀行

第6題　1

🔊 N5_1_18

学校で、女の先生と男の学生が話しています。学生はどうして授業におくれましたか。

F：リンさん、どうして授業におくれましたか。

M：先生、すみません。

F：おなかがいたいですか。

M：いいえ、元気です。

F：では、どうしてですか。

M：今日は雨ですから、自転車に乗りませんでした。電車に乗りましたが、はじめてでしたから、駅から学校までの道がわかりませんでした。

学生はどうして授業におくれましたか。

學校中有一位女老師正在和男學生談話。學生為什麼上課遲到？

女：林同學，為什麼上課遲到？
男：老師，我很抱歉。
女：你肚子痛嗎？
男：不，我很好。
女：那是為什麼？
男：**因為今天下雨，所以沒有騎腳踏車。雖然搭了電車，但因為是第一次搭電車，所以不知道車站到學校的路要怎麼走。**

學生為什麼上課遲到？

因為不知道去學校的路要怎麼走，所以遲到了。

熟記單字及表現

□〜に おくれます：遲、遲到　　□おなかが 痛いです：肚子疼
□自転車：自行車　　　　　　　□道：道路

問題3

例　1　　🔊 N5_1_20

朝、学校で先生に会いました。何と言いますか。

F：1　おはようございます。

　　2　おやすみなさい。

　　3　おつかれさまでした。

早上在學校遇見老師。要說什麼？
1　早安。
2　晚安。
3　您辛苦了

第1題　1　　🔊 N5_1_21

友だちが家に遊びに来ました。何と言いますか。

M：1　どうぞ入ってください。

　　2　どうぞ来てください。

　　3　どうぞ行ってください。

朋友來家裡玩。要說什麼？
男：1　請進。
　　2　請來。
　　3　請去。

第2題　2　　🔊 N5_1_22

朝、学校に行きます。家の人に何と言いますか。

F：1　さようなら。

　　2　いってきます。

　　3　おつかれさまです。

早上去上學。要對家人說什麼？
女：1　再見。
　　2　我走了。
　　3　辛苦了。

第3題　2　　🔊 N5_1_23

友だちが元気がないです。何と言いますか。

F：1　どうしましょうか。

　　2　どうしましたか。

　　3　どうしますか。

朋友沒什麼精神。要說什麼？
女：1　我們該怎麼做？
　　2　你怎麼了？
　　3　怎麼辦？

元気が ない：沒精神、無精打采

第4題　3　　🔊 N5_1_24

友だちに旅行の写真を見せたいです。何と言いますか。

M：1　これ、見ないでください。

　　2　これ、見せてください。

　　3　これ、見てください。

想給朋友看旅行的照片。要說什麼？
男：1　請你不要看這個。
　　2　請你給我看這個。
　　3　請你看這個。

見ます：意思是看。「て形」是「見て」；「ない形」是「見ない」。

見せます：意思是給別人看。「て形」是「見せて」；「ない形」是「見せない」。

第5題　1

N5_1_25

がっこう いえ かえ いえ ひと なん
学校から家に帰りました。家の人に何
い
と言いますか。

M：1　ただいま。

　　2　いらっしゃい。

　　3　おかえりなさい。

從學校回到家。要對家人說什麼？
男：1　我回來了。
　　2　歡迎。
　　3　你回來了。

問題4

例　2

N5_1_27

な まえ
F：お名前は。

M：1　18さいです。

　　　た なか
　　2　田中ともうします。

　　　　　　　じん
　　3　イタリア人です。

女：請問您的名字是？
男：1　18歲。
　　2　我姓田中。
　　3　我是義大利人。

第1題　2

N5_1_28

ばん た
F：もう晩ごはんを食べましたか。

　　　　　　　　　た
M：1　いいえ、もう食べません。

　　2　いいえ、まだです。

　　　　　　　た
　　3　はい、食べます。

女：你吃過晚餐了嗎？
男：1　不，我已經不吃了。
　　2　不，我還沒吃。
　　3　是的，我要吃。

もう：已經；再

まだ：還（未）、仍舊

第2題　1

N5_1_29

て
M：手つだいましょうか。

F：1　いいえ、けっこうです。

　　　　　　　　　て
　　2　はい、手つだっています。

　　3　どういたしまして。

男：我來幫忙吧。
女：1　不，不用了。
　　2　是的，我正在幫忙。
　　3　不客氣。

けっこうです：不用了。表示拒絕的比較禮貌的
講法。

第3題　1

N5_1_30

いま
F：今、いそがしいですか。

　　　　　　　　　すこ
M：1　そうですね。少しいそがしいで
　　　す。

　　2　そうですね。いそがしかったで
　　　す。

　　3　そうですね。いそがしくなかっ
　　　たです。

女：你現在很忙嗎？
男：1　是啊，稍微有一點忙。
　　2　是啊，我之前很忙。
　　3　是啊，之前不忙。

　　　　　　　　いま
因為是問「今～、ですか。（現在～嗎）」，
所以2和3都是錯誤的答案。

第4題　2　　🔊 N5_1_31

> M：いつアメリカへ行きましたか。
>
> F：1　友だちと行きました。
>
> 　　2　去年行きました。
>
> 　　3　飛行機で行きました。
>
> 男：美國是何時去的？
> 女：1　和朋友一起去。
> 　　2　去年去的。
> 　　3　搭飛機去的。

いつ：什麼時候

飛行機：飛機

第5題　3　　🔊 N5_1_32

> F：何を買いたいですか。
>
> M：1　10万円です。
>
> 　　2　デパートで買います。
>
> 　　3　カメラがほしいです。
>
> 女：你想買什麼？
> 男：1　10 萬日圓。
> 　　2　在百貨公司購買。
> 　　3　我想買照相機。

買いたいです＝ほしいです（想要）

第6題　3　　🔊 N5_1_33

> M：それ、借りてもいいですか。
>
> F：1　いいえ、借りません。
>
> 　　2　はい、借りますよ。
>
> 　　3　はい、どうぞ。
>
> 男：我可以借那個嗎？
> 女：1　不，我不要借。
> 　　2　對，我要借。
> 　　3　好，請用。

借ります：(向他人) 借某個東西

〜ても いいですか：可以…嗎？

語言知識（文字・語彙）

問題1　請從1・2・3・4中，選出＿＿＿的詞語最恰當的讀法。

（例）那個孩子很小。
　　1　×　　2　小的　　3　×　　4　×

1 這部車很新。
　　1　美麗的　　　　　　2　溫柔的
　　3　開心的　　　　　　4　新的

2 今天是好天氣呢。
　　1　天氣　2　天地　3　電燈　4　電池

3 那個箱子非常地重。
　　1　慢的　2　多的　3　遠的　4　重的

4 富士山是很有名的山。
　　1　×　　　　　　　　2　×
　　3　有名的　　　　　　4　×

5 耳朵很痛，所以要去醫院。
　　1　頭　2　耳朵　3　腳　4　眼睛

6 不好意思，請你向左轉。
　　1　西　2　東　3　左　4　右

7 譚同學的姐姐是學校的老師。
　　1　兄　2　姐　3　哥哥　4　姐姐

8 我進入朋友的房間。
　　1　去　2　回家　3　放入　4　進入

9 社長非常地忙碌。
　　1　社長　2　車掌　3　首長　4　總理

10 請在九點半來學校。
　　1　分　2　附近　3　書　4　半

11 父親的生日是八日。
　　1　八日　2　四日　3　六日　4　九日

12 在房間裡玩耍。
　　1　裡面　2　內　　3　整個　4　中央

問題2　請從選項1・2・3・4中，選出＿＿＿的詞語最正確的漢字

（例）　這台電視稍微便宜一些。
　　1　低的　　　　　　2　暗的
　　3　便宜的　　　　　4　不好的

13 昨天買了很貴的個人電腦。
　　1　×　　　　　　　　2　×
　　3　個人電腦　　　　　4　×

14 我的老師身高很高。
　　1　×　　2　×　　3　老師　4　×

15 打開房間的窗戶。
　　1　×　　2　打開　3　×　　4　×

16 下雨了，我們回家吧。
　　1　天空　2　多　3　月亮　4　雨

17 這間店星期五休息。
　　1　全　　2　五　　3　會　　4　合

18 這道菜是媽媽做的。
　　1　百　　2　白　　3　每　　4　媽媽

19 我們一起吃午餐。
　　1　吃　　2　×　　3　×　　4　×

20 明天學校放假。
　　1　×　　2　×　　3　×　　4　休假

問題3　該放入什麼字？請從1・2・3・4中選出最適合的選項。

（例）　昨天（　）了足球。
　　1　練習　　　　　　2　故障
　　3　準備　　　　　　4　修理

21 昨晚在（　）上看了新聞。
　　1　按鈕　2　電視　3　叉子　4　吉他

22 不好意思，我可以（　）一下剪刀嗎？
　　1　花費　2　借　　3　戴　　4　回來

23 田中先生穿著黑色的（　）。
　　1　眼鏡　2　鞋子　3　帽子　4　上衣

第1回

文字・語彙　文法　讀解　聽解　試題中譯

24 因為在泳池（　　），所以很累。

　　1　游泳　2　迎接　3　出生　4　送

25 我家有二（　　）汽車。

　　1　台　　2　枚　　3　隻　　4　個

26 天氣很熱，所以想喝（　　）果汁。

　　1　骯髒的　　　　　2　冰涼的

　　3　長的　　　　　　4　忙碌的

27 （　　）電話給公司。

　　1　講　　2　打開　3　撥打　4　支付

28 咖啡和紅茶，你喜歡（　　）？

　　1　什麼時候　　　　2　什麼

　　3　哪裡　　　　　　4　哪一種

29 麻里小姐（　　）唱歌。

　　1　漂亮　2　美味　3　擅長　4　方便

30 請不要在這裡（　　）照。

　　1　吸　　2　登　　3　脫　　4　拍

問題4　選項中有句子跟＿＿＿的句子意思幾乎一樣。請從1、2、3、4中選出一個最適合的答案。

例　我想要日文的書。

　　1　我擁有日文書。

　　2　我看得懂日文書。

　　3　我正在賣日文書。

　　4　我想要買日文書。

31 工作是從九點到五點。

　　1　工作是九點開始，五點結束。

　　2　工作是九點結束，五點開始。

　　3　工作是九個小時。

　　4　工作是五個小時。

32 老師已經回家了。

　　1　老師還在學校。

　　2　老師現在不在學校。

　　3　老師不在家工作。

　　4　老師偶爾會來學校。

33 我的祖父是警官。

　　1　我父親的父親是警官。

　　2　我父親的母親是警官。

　　3　我父親的兄弟是警官。

　　4　我父親的父母是警官。

34 我妹妹每天都很忙碌。

　　1　我妹妹有時候很吵鬧。

　　2　我妹妹有時候很開心。

　　3　我妹妹並非總是有空。

　　4　我妹妹並非總是笨拙。

35 小愛向加奈借了一部很有趣的DVD。

　　1　加奈借給小愛一部很有趣的DVD。

　　2　加奈向小愛拿了一部很有趣的DVD。

　　3　小愛借給加奈一部很有趣的DVD。

　　4　小愛向加奈拿了一部很有趣的DVD。

語言知識（文法）‧讀解

問題1　（　　）內要放什麼進去？請從1、2、3、4的選項中選出一個最適合的答案。

例　昨天我（　　）朋友去了公園。

　　1　和　　2　×　　3　×　　4　或

1 今天工作（　　）三點結束。

　　1　×　　2　在　　3　×　　4　和

2 我們過（　　）馬路時，要小心來車。

　　1　×　　2　×　　3　×　　4　×

3 食物（　　）你最喜歡吃什麼？

　　1　×　　　　　　　2　在～之中

　　3　×　　　　　　　4　×

4 這間店有許多水果（　　）蔬菜。

　　1　×　　2　×　　3　×　　4　及

056

5 A：「這張照片很棒呢。什麼時候拍的？」

B：「上週（　）禮拜日，在海裡拍的。」

1　×　　2　×　　3　的　　4　和

6 A：「馬上就要考試了，所以我每天念三個小時的書。」

B：「這樣啊。那還真是辛苦（　）。加油。」

1　×　　2　呢　　3　×　　4　所以

7 （　）教室比我的房間明亮。

1　這樣　2　這裡　3　這個　4　這

8 昨天吃的蛋糕（　）好吃。

1　比　　　　　2　很好地
3　很快地　　　4　不怎麼

9 我的城鎮昨天下雨了。今天（　）在下雨。

1　×　　2　的　　3　×　　4　也

10 放學後要（　）朋友家。

1　去～遊玩　　2　遊玩，然後
3　遊玩　　　　4　遊玩了

11 A：「瑪莉歐是（　）位？」

B：「那個長頭髮的人。」

1　如何　　　　2　哪一
3　誰的　　　　4　哪裡的

12 從我家到車站要（　）？

1　為何　　　　2　哪一個
3　多久　　　　4　如何

13 這一題很困難，所以（　）不知道答案。

1　誰　　　　　2　對誰
3　誰都　　　　4　比任何人都

14 （在餐廳）

A：「B，你要喝（　）飲料？」

B：「我要咖啡。」

1　什麼（結果）　2　什麼都
3　什麼（主詞）　4　什麼（受詞）

15 A：「那位（　）白色帽子的人是誰？」

B：「田中先生。」

1　戴×　　　　　2　戴×
3　戴著的同時　　4　戴著

16 林：「各位，這位是艾利。他從今天開始在我們這一組工作。」

艾利：「各位好，我是艾利。今後（　）指教。」

1　我有要求　　　2　請多
3　要求了　　　　4　要求吧

問題2　該放進　★　的單字是哪一個？請從1、2、3、4的選項中選出一個最適合的答案。

A「你何時＿＿＿＿　＿＿＿＿　★＿＿＿　＿＿＿＿？」

B「三月。」

1　國家　2　去　3　大概　4　回

（作答方式）

1. 組合出正確的句子。

A「你何時＿＿＿＿　＿＿＿＿　★＿＿＿　＿＿＿＿？」

3　大概　1　故鄉　2　往去　4　回

B「三月。」

2. 將填入　★　的選項劃記到答案卡上。

17 A「大學＿＿＿＿　＿＿＿＿　★＿＿＿　＿＿＿＿？」

B「有一點難。」

1　怎麼樣　　　　2　的
3　×　　　　　　4　課業

18 我日本的＿＿＿＿　＿＿＿＿　★＿＿＿　＿＿＿＿。

1　唱　2　歌　3　×　4　×

文法

讀解

聽解

試題中譯

19 山川同學_____ _____ _____★_____做
_____。

1 音樂　　　　　2 作業
3 一邊　　　　　4 聽

20 這間_____ _____ _____★_____ _____
請不要吸。

1 時　2 ×　3 教室　4 菸

21 旅行時，我_____ _____ _____★_____
_____。

1 寺廟　　　　　2 古老的
3 滑雪　　　　　4 又去、又去

問題3 22 ～ 26 該放入什麼字？思考文章的意義，從1・2・3・4中選出最適合的答案。

　　Lee和Han分別寫了一篇以「我的朋友」為題的作文，並且在所有同學的面前朗讀。

(1)Lee的作文
　　我的朋友是Min。Min住 22 我隔壁的房間。我們總是一起吃飯。
　　Min經常觀賞自己國家的電視節目。23 他卻完全不看日本的節目。我會把在日本節目上看到的東西和Min說。Min是非常棒的朋友。

(2)Han的作文
　　我的朋友是Tei。Tei在很有名的公司 24 。因為他總是很忙碌，所以很少休假。
　　今天他 25 ，所以我和他一起去購物，並去餐廳用餐。我和Tei聊了學校和工作的事。非常地開心。我 26 再和Tei 26 。

22
1 在　2 在　3 往　4 ×

23
1 但是　　　　　2 更
3 那麼　　　　　4 在～之後

24
1 一起工作吧　　2 不工作
3 工作了　　　　4 工作

25
1 放假　　　　　2 並沒有放假
3 放假了　　　　4 並沒有放假

26
1 見面了～嗎　　2 想～見面
3 見過面了　　　4 沒有～見面

問題4 閱讀下列從（1）到（4）的文章，從1・2・3・4中選出對問題最適合的回答。

（1）
　　我小時候曾有討厭的食物。當時我喜歡吃肉和蔬菜，但並不喜歡吃魚。現在則是連魚類料理都很喜歡，也很常吃。不過因為我正在減重，所以不能吃甜食。

27 文中的「我」在小時候討厭什麼東西？
1 討厭肉。
2 討厭蔬菜。
3 討厭魚。
4 討厭甜食。

（2）
Mei寫了一封信給Kou。

Kou：
　　我有二張電影票。你要不要和我一起去看？地點是車站前的電影院，我想在這個週六或週日去看。
　　你什麼時候方便呢？再請你打電話跟

058

我說。

Mei

28 Kou在讀過這封信後，接著要做什麼？
　1　買電影票。
　2　去電影院。
　3　去Mei的家。
　4　打電話給Mei。

（3）
（在學校）
學生看了這張字條。

致A班全體同學
高木老師生病了。今天下午不上課。
明天是下午上課。後天則只有上午要上
課。
後天將在課堂上進行漢字測驗，請讀講義
21頁到23頁的內容。

12月15日
ASK日語學校

29 漢字測驗在什麼時候？
　1　12月15日　上午
　2　12月16日　下午
　3　12月17日　上午
　4　12月18日　下午

問題5　閱讀以下文章，回答問題。從
1・2・3・4中選出對問題最適合的回答。

這是由Lin所寫的作文。

和Luka一起出去

Lin Gaku

上週日吃完早餐後，我做了便當。我

因為喜歡作菜，所以總是自己做飯。隨後
我和Luka見面，一起去海邊游泳。我游了
很久，不過Luka①沒有游泳。「我昨天很
晚才睡，所以很想睡覺」，他說完便一直
在休息。之後，我們一起吃了我做的便
當。

　　Luka下週生日，所以我送了禮物給
他，是電車的書。他很喜歡電車，總是在
聊電車的話題，但我聽不太懂。昨天我在
圖書館②借了電車的書。讀完這本書之
後，我想和Luka聊電車的話題。

30 Luka為什麼①沒有游泳？
　1　因為做便當很累。
　2　因為昨晚很晚睡，很想睡覺。
　3　因為想讀電車的書。
　4　因為昨晚很用功唸書。

31 Lin為什麼要②借電車的書？
　1　因為想要和Luka一起搭電車。
　2　因為想要和Luka聊電車的話題。
　3　因為想要送電車的書給Luka。
　4　因為想要和Luka一起去看電車。

問題6　閱讀右頁的文章，回答問題。從
1・2・3・4中選出對問題最適合的回答。

32 Ann想去山川美術館。她想搭電車或公
　車去，並於十點前到達。電車或公車中
　價格較低的比較好。Ann要以何種交通
　方式去呢？
　1　①
　2　②
　3　③
　4　④

文字・語彙

文法

讀解

聽解

試題中譯

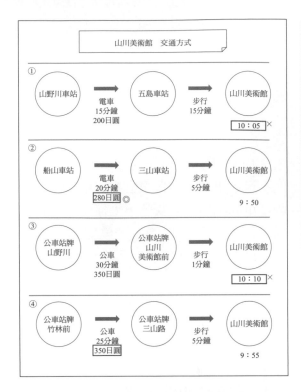

聽解

問題1

在問題1中，請先聽問題。聽完對話後，從試題冊上1～4的選項中，選出一個最適當的答案。

例

女性跟男性在講話，女性明天要先去哪裡？

男：明天要不要和我一起去看電影？

女：不好意思。明天我有朋友從美國來，所以不太方便。

男：這樣啊。你要去機場嗎？

女：不，我在電車站和他碰面。接著再一起去動物園。

女性明天要先去哪裡？

1　動物園　　　　　2　電影院

3　機場　　　　　　4　電車站

第1題

女性跟男性在講話。女性一開始要做什麼？

女：不好意思，我想申請護照…

男：那麼請在這張紙上填寫姓名及地址。然後請至三樓的櫃台辦理。您有帶照片來嗎？

女：啊，我忘在家裡了。

男：那麼，在填寫資料前，請先到二樓去拍照。

女：好的，我知道了。

女性一開始要做什麼？

1 　　2

3 　　4

第2題

一男一女正在公司交談。女性要買什麼東西回來？

女：肚子餓了呢。我幫大家買午餐回來吧？

男：欸，可以嗎？謝謝妳。

女：我要吃三明治。中村先生也是吃三明治嗎？

男：我要飯糰。田中和山下，我想買便當比較好。

女：我知道了。我這就去買。

女性要買什麼東西回來？

1 　　2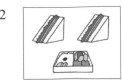

3　　　　　4

第3題

校園內，男學生和女老師正在交談。男學生把書放在哪裡？

男：老師，我來還日文的書。非常謝謝您。

女：不用客氣。那麼，請你放回架子上。

男：好的，是時鐘下方的架子嗎？

女：啊，不好意思。因為下一堂課要借給Lee，所以請你放在我的桌子上。

男：我知道了。

男學生把書放在哪裡？

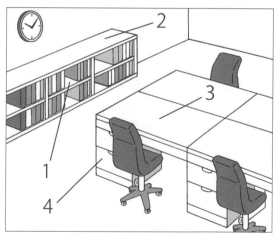

第4題

教室中老師正在對學生說話。學生明天幾點要到教室？

女：明天的測驗將在1號教室進行。十點半之前有其他的班級使用。你們班是從十一點開始。由於要說明測驗的事宜，所以請在測驗開始前十分鐘到達教室。

學生明天幾點要到教室？

第5題

女性跟男性在講話。男性要去哪裡？

男：不好意思，我想去銀行。

女：銀行嗎？首先請順著這條路直走，那裡有一間百貨公司。在那裡右轉，銀行就在花店的隔壁。

男：我知道了，非常謝謝您。

男性要去哪裡？

第6題

餐廳的人正在和一位男性講電話。男性何時去餐廳？

女：櫻花餐廳，您好。謝謝您的來電。

男：你好…我想預約明天七點，三個人。

女：非常抱歉，每週一是我們的公休日。方便改為週二或週三嗎？

男：唔…週三不太方便。後天的七點可以嗎？

女：好的，沒問題。後天的七點對吧。

男：是的，麻煩您了。

男性何時去餐廳？

1　星期一

2　星期二

3　星期三

4　星期四

第7題
花店中有一名男子正在和店裡的人交談。
男性買了什麼花？

女：歡迎光臨。

男：你好，我想買花。

女：是生日禮物嗎？

男：是的，朋友的生日。

女：那麼這種大朵的花如何？很漂亮喔。

男：看起來不錯呢。那麼請給我二朵。

女：啊，再搭配這種小朵的花如何？這樣
　　會更漂亮喔。

男：說得也是。那麼，小朵的花也請你給
　　我三朵。

女：我知道了。謝謝您的

問題2
**在問題2中，請先聽問題。聽完對話後，從
試題冊上1～4的選項中，選出一個最適當
的答案。**

例
學校裡男學生和女老師正在交談。男學生
要在什麼時候去找老師談話？

男：老師，我想和您談報告的事。

女：是嗎？接下來我要去開會，三點可以
　　嗎？

男：不好意思，我三點半要打工。

女：那麼，明天九點可以嗎？

男：謝謝您。麻煩您了。

女：由於我十點有課，所以我們在那之前
　　談完好嗎？

男學生要在什麼時候去找老師談話？

1　今天三點

2　今天三點半

3　明天九點

4　明天十點

第1題
百貨公司內有一名男子正在和店裡的人交
談。男性的包包是哪一個？

男：不好意思，我把包包忘在店裡了，請
　　問您有看到嗎？

女：是什麼樣的包包？

男：黑色的大包包。

女：包包裡放了什麼？

男：鑰匙、信件和筆。啊，筆在我的口袋
　　裡，所以只有鑰匙和信件。

女：是這個包包嗎？

男：啊，沒錯。非常謝謝您。

男性的包包是哪一個？

第2題
女性跟男性在講話。這二人明天要做什
麼？

女：Mink，明天下午要不要和我一起去游
　　泳池游泳？

男：抱歉，我明天早上要和田中打網球，打完球之後還要去餐廳。因為會有點累，所以我們別去游泳池，改去公園散步好嗎？

女：好啊。那我們明天下午碰面吧。

這二人明天要做什麼？

1　去游泳池游泳
2　打網球
3　去餐廳
4　去公園散步

第3題

學校中，老師正在對學生說話。學生明天要帶什麼去？

女：明天我們要去美術館。由於是從學校搭公車去，所以購買車票的錢請帶來。另外，因為要聆聽美術館人員的介紹，所以還要帶筆和筆記本。館內不能拍照，因此請不要攜帶相機入館，也不能攜帶食物和飲料。

學生明天要帶什麼去？

1  　2

3 　4

第4題

女性跟男性在講話。女性要買什麼生日禮物給父親？

女：下週是我父親的生日。你覺得我要買什麼生日禮物給他？

男：時鐘怎麼樣？我知道一家不錯的店。

女：時鐘啊…有點貴呢。

男：那，買酒怎麼樣？你的父親有喜歡的葡萄酒嗎？

女：我父親不太喜歡酒…。

男：唔…那錢包或領帶呢？

女：聽起來不錯。他之前說過想要一條新的領帶，就買領帶好了。

女性要買什麼生日禮物給父親？

1 　2

3 　4

第5題

女性跟男性在講話。男性的妹妹是從事什麼工作？

男：木村小姐的家裡有幾個人？

女：我家有四個人，我爸、我媽還有我姐姐。田中先生呢？

男：我家有六個人，我有哥哥、弟弟和妹妹。哥哥在醫院工作，弟弟在電力公司上班，妹妹則是在教外國人日語。

女：這樣啊。我姐姐是在銀行工作。

男性的妹妹是從事什麼工作？

1　老師
2　一般公司的員工
3　銀行行員
4　醫生

文字・語彙

文法

讀解

聽解

試題中譯

第6題

學校中有一位女老師正在和男學生談話。
學生為什麼上課遲到？

女：林同學，為什麼上課遲到？

男：老師，我很抱歉。

女：你肚子痛嗎？

男：不，我很好。

女：那是為什麼？

男：因為今天下雨，所以沒有騎腳踏車。
雖然搭了電車，但因為是第一次搭電
車，所以不知道車站到學校的路要怎
麼走。

學生為什麼上課遲到？
1　因為不知道路
2　因為沒有自行車
3　因為忘記寫作業
4　因為天氣很好

問題3
**在問題3中，請一邊看圖一邊聽問題。箭頭
（→）所指的人說了些什麼？從1～3的選
項中，選出最符合情境的發言。**

例

早上在學校遇見老師。要說什麼？
1　早安。
2　晚安。
3　您辛苦了

第1題

朋友來家裡玩。要說什麼？
男：1　請進。
　　2　請來。
　　3　請去。

第2題

早上去上學。要對家人說什麼？
女：1　再見。
　　2　我走了。
　　3　辛苦了。

第3題

朋友沒什麼精神。要說什麼？

女：1　我們該怎麼做？
　　2　你怎麼了？
　　3　怎麼辦？

第4題

想給朋友看旅行的照片。要說什麼？

男：1　請你不要看這個。
　　2　請你給我看這個。
　　3　請你看這個。

第5題

從學校回到家。要對家人說什麼？

男：1　我回來了。
　　2　歡迎。
　　3　你回來了。

問題4
問題4沒有任何圖像。請先聽一句話，再從選項1～3中，選出最恰當的答案。

例
請問您的名字是？
1　18歲。
2　我姓田中。
3　我是義大利人。

第1題
女：你吃過晚餐了嗎？
男：1　不，我已經不吃了。
　　2　不，我還沒吃。
　　3　是的，我要吃。

第2題

男：我來幫忙吧。

女：1　不，不用了。

　　2　是的，我正在幫忙。

　　3　不客氣。

第3題

女：你現在很忙嗎？

男：1　是啊，稍微有一點忙。

　　2　是啊，我之前很忙。

　　3　是啊，之前不忙。

第4題

男：美國是何時去的？

女：1　和朋友一起去。

　　2　去年去的。

　　3　搭飛機去的。

第5題

女：你想買什麼？

男：1　10萬日圓。

　　2　在百貨公司購買。

　　3　我想買照相機。

第6題

男：我可以借那個嗎？

女：1　不，我不要借。

　　2　對，我要借。

　　3　好，請用。

第2回　解答・解説

解答・解説

ごうかくもし かいとうようし

N5 げんごちしき (もじ・ごい)

第2回

じゅけんばんごう Examinee Registration Number

なまえ Name

〈ちゅうい Notes〉

1. くろいえんぴつ (HB、No.2) でか
   いてください。
   Use a black medium soft (HB or No.2)
   pencil.
   (ペンやボールペンではかかないでく
   ださい。)
   (Do not use any kind of pen.)

2. かきなおすときは、けしゴムできれ
   いにけしてください。
   Erase any unintended marks completely.

3. きたなくしたり、おったりしないで
   ください。
   Do not soil or bend this sheet.

4. マークれい Marking Examples

よいれい Correct Example	わるいれい Incorrect Examples
●	⊗ ⊘ ○ ◑ ⊙

もんだい1

	①	②	③	④
1	●		③	④
2	●		③	④
3	●		③	④
4	①	②		●
5		●	③	④
6	●		③	④
7		●	③	④
8	①		●	④
9	①		●	④
10	①		●	④
11	●	②	③	④
12	①	②	③	●

もんだい2

	①	②	③	④
13	●	②	③	④
14	①	②	③	●
15	●	②	③	④
16	①	●	③	④
17	①	②	③	●
18	①	②	③	●
19	①	②	③	●
20	①	●	③	④

もんだい3

	①	②	③	④
21	①	②	●	
22	①	②	●	
23	●	②	③	④
24	①	②	●	
25	①	●	③	④
26	①	②	●	
27	①	●	③	④
28	①	②	●	
29	①	②	●	
30	①	●	③	

もんだい4

	①	②	③	④
31	①	●	③	④
32	①	●	③	④
33	①	②	●	④
34	①	②	●	④
35	①	②	●	④

N5 げんごちしき (ぶんぽう)・どっかい

じゅけんばんごう Examinee Registration Number

なまえ Name

〈ちゅうい Notes〉

1. くろいえんぴつ (HB、No.2) でか
   いてください。
   Use a black medium soft (HB or No.2)
   pencil.
   (ペンやボールペンではかかないでく
   ださい。)
   (Do not use any kind of pen.)

2. かきなおすときは、けしゴムできれ
   いにけしてください。
   Erase any unintended marks completely.

3. きたなくしたり、おったりしないでく
   ださい。
   Do not soil or bend this sheet.

4. マークれい Marking Examples

よいれい Correct Example	わるいれい Incorrect Examples
●	⊗ ◎ ◯ ◑ ⊖ ●

もんだい1

	①	②	③	④
1	①	●	③	④
2	①	②	③	④
3	①	②	③	④
4	①	②	③	④
5	①	②	③	④
6	①	②	③	④
7	①	②	③	④
8	①	②	③	④
9	①	②	③	④
10	①	②	③	④
11	①	②	③	④
12	①	②	③	④
13	①	②	③	④
14	①	②	③	④
15	①	②	③	④
16	①	②	③	④

もんだい2

	①	②	③	④
17	①	②	③	④
18	①	②	③	④
19	①	②	③	④
20	①	②	③	④
21	①	②	③	④

もんだい3

	①	②	③	④
22	①	②	③	④
23	①	②	③	④
24	①	②	③	④
25	①	②	③	④
26	①	②	③	④

もんだい4

	①	②	③	④
27	①	②	③	④
28	①	②	③	④
29	①	②	③	④

もんだい5

	①	②	③	④
30	①	②	③	④
31	①	②	③	④

もんだい6

	①	②	③	④
32	①	②	③	④

ごうかくもし かいとうようし

N5 ちょうかい

じゅけんばんごう
Examinee Registration Number

なまえ
Name

〈ちゅうい Notes〉

1. くろいえんぴつ (HB、No.2) で か
   いてください。
   Use a black medium soft (HB or No.2)
   pencil.
   (ペンやボールペンではかかないでく
   ださい。)
   (Do not use any kind of pen.)

2. かきなおすときは、けしゴムできれ
   いにけしてください。
   Erase any unintended marks completely.

3. きたなくしたり、おったりしないでく
   ださい。
   Do not soil or bend this sheet.

4. マークれい Marking Examples

よいれい Correct Example	わるいれい Incorrect Examples
●	⊗ ◯ ⦵ ◍ ⊖ ◓

もんだい1

	①	②	③	④
れい	①	②	③	●
1	●	②	③	④
2	①	②	③	●
3	●	②	③	④
4	①	②	③	●
5	●	②	③	④
6	①	②	③	●
7	●	②	③	④

もんだい2

	①	②	③	④
れい	①	●	③	④
1	●	②	③	④
2	①	②	●	④
3	①	●	③	④
4	①	●	③	④
5	●	②	③	④
6	①	●	③	④

もんだい3

	①	②	③
れい	●	②	③
1	●	②	③
2	●	②	③
3	①	②	●
4	①	●	③
5	①	●	③

もんだい4

	①	②	③
れい	●	②	③
1	①	②	●
2	●	②	③
3	●	②	③
4	●	②	③
5	●	②	③
6	●	②	③

第二回 得分表

		配分	答對題數	分數
文字・語彙	問題1	1分×12題	／12	／12
	問題2	1分×8題	／8	／8
	問題3	1分×10題	／10	／10
	問題4	2分×5題	／5	／10
文法	問題1	2分×16題	／16	／32
	問題2	2分×5題	／5	／10
	問題3	3分×5題	／5	／15
讀解	問題4	4分×3題	／3	／12
	問題5	4分×2題	／2	／8
	問題6	3分×1題	／1	／3
	合計	120分		／120

		配分	答對題數	分數
聽解	問題1	3分×7題	／7	／21
	問題2	3分×6題	／6	／18
	問題3	3分×5題	／5	／15
	問題4	1分×6題	／6	／6
	合計	60分		／60

※此評分表的分數分配是由ASK出版社編輯部對問題難度進行評估後獨自設定的。

問題1

1 2 がいこく
外国：外國

2 2 くがつ
九月：九月

3 2 はな
花：花

🖊 1 顔：臉
3 木：樹
4 空：天空

4 4 こないで
来ます：來

※字典形是「来る」，否定形是「来ない」

5 3 あし
足：腳

🖊 1 うで：手臂
2 頭：頭
4 首：脖子

6 2 かわ
川：河川

🖊 1 いけ：池子、池塘
3 家：家
4 道：道路

7 1 たかい
高い：昂貴
山：山

2 広い：寛敞
3 きれいな：乾淨；漂亮
4 遠い：遠

8 3 なんぼん
何本：多少根

9 3 きた
北：北

🖊 1 東：東
2 西：西
4 南：南

10 3 うえ
～の 上：…的上面

🖊 1 ～の 前：…的前面
2 ～の 横：…的旁邊
4 ～の 下：…的下面

11 1 せんげつ
先月：上個月

12 4 でます
出ます：出、出去

🖊 1 います：在
2 します：做
3 寝ます：睡覺

問題2

13 1 アイスクリーム
アイスクリーム：冰淇淋

14 4 夜

夜：夜晚

🔊 1 朝：早上
2 昼：白天
3 夕方：傍晚

15 3 話します

話します：說話、講

🔊 1 読みます：讀、看、閱讀

16 1 見て

見ます：看

17 4 中

〜の 中：…的裡面

18 4 同じ

同じ：相同

19 4 書きます

書きます：寫

20 1 来週

来週：下個星期

🔊 3 今週：這個星期
4 先週：上個星期

問題3

21 4 まい

〜まい：表示片狀物的量詞

🔊 1 〜はい：〜杯（量詞）
2 〜さつ：〜本、〜冊、表示書本的量詞
3 〜だい：表示車輛或機器的量詞

22 4 おります

（電車を）おります：（從電車上）下來

🔊 1 とおります：通過、經過
2 （写真を）とります：拍（照片）
3 （電車に）のります：搭乘（電車）

23 1 しめて

（まどを）閉めます：關（窗）

🔊 2 入れます：放入
3 （電気を）つけます：開（燈）
4 （電気を）けします：關（燈）

24 4 げんきな

元気な：精神；身體硬朗

🔊 1 かんたんな：簡單
2 むりな：難以辦成、辦不到
3 べんりな：便利、方便

25 3 エアコン

エアコン：空調

🔊 1 スプーン：湯匙
2 コンビニ：便利商店
4 デザイン：設計

26 4 わすれました

わすれます：忘記

しゅくだい：作業

🔊 1 はらいます：支付
2 ひきます：拉扯；彈奏（樂器）
3 まけます：輸

27 3 からい

からい：辣

🔊 1 まるい：圓
2 強い：強
4 弱い：弱

28 2 べんきょう

勉強：學習

🔊 1 そうじ：打掃

第2回

文字・語彙

文法

讀解

聽解

試題中譯

073

3 食事：吃飯、用餐

4 せんたく：洗衣服

29 2 かさ

かさ：傘

こまります：為難、困擾

🏷 **1 めいし**：名詞、名片

3 写真：照片

4 時計：鐘錶

30 4 わたって

わたります：渡、穿過

道：道路

🏷 **1 切ります**：切、割

2 持ちます：持、拿

3 作ります：製作

問題4

31 2 きのうの よるから あめが ふっています。 從昨晚開始一直在下雨。

夕べ：昨晚

32 1 きょうしつは せまいです。 教室很狹窄。

せまい：狹窄

🏷 **2 大きい**：大

3 近い：近

4 明るい：明亮

33 3 あした しごとに いきます。 明天要去工作。

仕事：工作

仕事は 休みでは ありません＝仕事に 行きます 工作沒有休假＝要去工作

34 3 このまちは にぎやかじゃ ありません。 這個城鎮並不熱鬧。

しずかな：安靜

🏷 **1 きれいな**：漂亮；乾淨

2 つまらない：無聊

4 じょうぶな：堅固、結實

35 2 ともだちを くうこうへ つれていきました。 我送朋友去機場。

(～を) 送ります：送～＝帶著～去…

空港：機場

🏷 **1 一人で**：一個人、獨自

4 ～に 会います：和…見面

語言知識（文法）・讀解

◆文法

問題1

1 2 に

[場所] ＋に：在某處

例 トイレは 2階に あります。 廁所位於二樓。

～の そば：...的旁邊

2 1 の

Aの B：表示B的所屬或者性質。

例 これは 会社の パソコンです。 這是公司的電腦。

3 4 から

～て から：…之後

例 おふろに 入ってから 寝ます。 洗完澡後再睡覺。

4 3 まで

[時間] ＋まで：表示時間的終點

例 6時まで 仕事を します。 工作到六點為止。

5 2 に

[名詞] ＋に 行きます：去[名詞]

例 友だちと スキーに 行きます。 我和朋友去滑雪。

6 3 か

Aか B：A或者B

例 1月か 2月に 国へ 帰ります。 我將在一月或二月回國。

7 4 ひまな

※因為「とき」是名詞，所以要用「～な」的形式。

例 有名な レストランへ 行きました。 我去了知名的餐廳。

8 3 だけ

～だけ：只、僅

例 りんごを 1つだけ 買いました。 我只買了一個蘋果。

～回：～次

9 3 だれの

だれの：誰的

[人] ＋の＋ [名詞]：[人]的[名詞]

例 A「これは だれの くつですか。」B「それは まいさんの（くつ）です。」 A：「這是誰的鞋子？」B：「那是麻衣小姐的（鞋子）。」

※「の」之後的名詞可以省略。

10 1 かいて　います 還在寫

まだ ～て います：還在…

例 昼の 12時ですが、まだ 寝て います。 中午十二點了，但還在睡。

11 2 どんな 什麼樣的

どんな＋ [名詞]：什麼樣的[名詞]

例 東京は どんな まちですか。 東京是什麼樣的城市？

12 **2 まえに** 在～之前

[動詞辞書形]＋まえに：…之前（使用動詞辭書形）

例 友だちが 家に 来る まえに、料理を 作ります。　我要在朋友來我家之前做好料理。

13 **1 ぜんぜん** 完全（不）

ぜんぜん ～ません：完全沒…

例 きのうの テストは ぜんぜん わかりませんでした。　昨天的考試我完全看不懂。

🔖 2 ちょうど：正好、恰好

3 もういちど：再一次

4 とても：非常

14 **3 いません** 不在

由於是在描述人，所以動詞要用「います」，而不是「あります」。

例 教室には だれも いません。【人】
教室裡沒有任何人。【人】

はこの 中には 何も ありません。【もの】
箱子裡沒有任何東西。【物】

15 **1 食べませんか** 要不要吃？

～ませんか：要不要…？

例 日曜日、いっしょに 買いものに 行きませんか。　週日要不要一起去買東西？

16 **4 いくらですか** 多少錢？

由於店員重複說了一次「450円です」，可以推斷出中田不知道價錢。

いくらですか：多少錢？

🔖 1 どちらですか：在哪裡？

2 なんじですか：幾點？

3 どなたですか：哪位？

問題2

17 **3**

わたしのへや 2は 4ふるい 3です 1が ひろいです。

我的房間2×（此字用以表示敘述的對象，不一定能翻成中文）4老舊3是，1但很寬敞。

～が、～：表示與之相反的事情時使用。

例 この レストランは 有名じゃないですが、とても おいしいです。　這間餐廳不出名，但非常地好吃。

18 **4**

これは 2ことし 1の 4カレンダー 3じゃ ありません。

這個2今年1的4月曆3並不是。

今年：今年

カレンダー：日曆

19 **3**

キムさんの 4いちばん 1たいせつな 3もの 2は 何ですか。

金先生4最1重要的3東西2是什麼？

いちばん～：最…

20 **3**

わたしのいもうと 4は 2かみ 3が 1ながい です。

我妹妹4的2頭髮3×1很長。

AはBが～：A的B是～

例 今日は 天気が いいです。　今天天氣很好。

21 **4**

この しゅくだいは 2火曜日 1まで 4に 3出して ください。

這份作業請2週二1之前4×3交。

宿題：作業

～までに：在⋯之前

例 4時までに 電話を してください。　請在四點之前打電話。

問題3

22 3 たくさん　很多、大量

たくさん：很多、大量

🔊 1 よく：經常
2 これから：從現在開始
4 もうすぐ：馬上、快要

23 1 行きたいです　想去

～たいです：想要⋯

例 新しい パソコンを 買いたいです。　我想買一台新電腦。

24 2 あまり　不怎麼

あまり ～ません：不怎麼⋯

例 日本の うたは あまり うたいません。
我不怎麼唱日本歌曲。

25 1 でも　但是

学校が ある 日は 勉強が いそがしいです
⇔夏休みは アニメを 見ました

學校有課的日子我忙著唸書 ⇔ 暑假看了動畫。

でも：但是

🔊 2 だから：所以
3 それから：接著、然後
4 それに：而且、再加上

26 1 見ましょう　一起看吧

～ましょう：讓我們⋯吧

例 いっしょに 昼ごはんを 食べましょう。
我們一起吃午餐吧。

◆ 讀解

(1) 27 4

今日　学校の　前に　本やへ　行きました。　**でも、わたしが　読みたい　本は　ありませんでした。**　それから、図書館へ　行って、本を　かりました。**かりた本を　きょうしつで　少し　読みました。**この　本は　来月　図書館に　かえします。

今天上學前，我去了一趟書店，**但是沒有我想看的書。**然後我去了圖書館借了書。**借來的書，我在教室讀了一些。**這本書下個月要還給圖書館。

— 他在書店沒有買書。

— 他在學校的教室讀了書。

熟記單字及表現

□**本屋**：書店　　　　　　　□**図書館**：圖書館
□**借ります**：（向他人）借某個東西　□**教室**：教室
□**来月**：下個月　　　　　　□**返します**：返還、歸還

(2) 28 1

学生の　みなさんへ

来週の　月曜日は　かんじの　テストです。テストは　10時40分から、142きょうしつで　します。

9時から　10時35分までは　141きょうしつで　ぶんぽうの　じゅぎょうを　します。

じゅぎょうの　あと、141きょうしつで　待っていて　ください。
先生が　名前を　よびに　行きます。

致各位同學

下週一是漢字考試。考試將從 10：40 開始，於 142 教室進行。
9：00 － 10：35 在 141 教室上文法課。
上完課之後，請留在 141 教室等待。老師會去叫名字。

— 因為要上課，所以要在九點時去學校，之後要在教室等老師。

熟記單字及表現

□**名前を　よびます**：叫某人的名字

(3) [29] 1

ファンさん

　きのう　家族（かぞく）から　くだものを　もらいましたから、ファンさんに　あげたいです。ファンさんの　へやに　持って（もって）行っても（いっても）　いいですか。ファンさんが　へやに　いる　時間（じかん）を教えて（おしえて）　ください。

　わたしは　**今日（きょう）　夕方（ゆうがた）まで　学校（がっこう）が　ありますが、そのあとは ひまです。あしたの　夜（よる）は　アルバイトが　ありますが、昼（ひる）までなら　いつでも　だいじょうぶです。**

吉田（よしだ）

范同學：
　昨天家人拿了水果給我，我想拿一些給你。我可以拿去你的房間給你嗎？請告訴我你在家的時間。
　我今天到傍晚為止都要上課，之後就都有空。明天晚上要打工，若是中午之前隨時都可以。

吉田

今天：上完課之後都有空

明天：中午之前都可以

★ **熟記單字及表現**

□ くだもの：水果　　　　　□ もらいます：得到
□ あげます：給　　　　　　□ ひまな：閒、空閒
□ だいじょうぶな：沒關係、不要緊

問題（もんだい）5

[30] 4　　[31] 2

日本（にほん）の　テレビ

ワン・チェン

　わたしは　先月（せんげつ）、友（とも）だちに　テレビを　もらいました。大きい（おおきい）テレビです。日本（にほん）に　来て（きて）　はじめて　テレビを　見ました（みました）。ニュースを　見ました（みました）が、日本語（にほんご）が　むずかしくて　ぜんぜん わかりませんでした。

　先週（せんしゅう）、テレビで　わたしの　町（まち）の　ニュースを　見ました（みました）。わたしの　町（まち）の　おまつりの　ニュースでした。30 **日本語（にほんご）は　むずかしかったですが、少し（すこし）　わかりました。　とても　うれしかったです。**

30　因為看懂了一點日語的新聞，所以很開心。

文字・語彙　文法　讀解　聽解　試題中譯

わたしは、毎朝　テレビで　ニュースを　見て、ニュースの　日本語を　おぼえます。学校の　教科書に　ない　ことばも　おぼえます。日本語の　勉強が　できますから、とても　いいです。学校へ　行くときは、電車の　中で　スマホで　国の　ニュースを　見ます。国の　ニュースは　よく　わかりますから、たのしいです。

31 あしたは　学校が　休みですから、友だちが　わたしの　うちへ　来ます。友だちと　いっしょに　テレビで　日本の　ニュースを　見て　新しい　ことばを　勉強します。

31 明天要和朋友一起看電視上的日本新聞，學習日語詞彙。

日本的電視節目

王成

　　上個月朋友給了我一台電視。一台很大的電視。這是我到日本以來，第一次看電視。雖然看了新聞，但因為日語很難，所以我完全看不懂。

　　上週在電視上看到我鎮上的新聞。那是鎮上舉辦祭典的新聞。**30 雖然日語很困難，但還是看懂了一些**。我非常地開心。

　　我每天早上都會看電視新聞，背誦新聞中的日語，從中可以學到學校教科書中沒有的單字。因為可以學習日語，所以真的很棒。去學校的時候，我會在電車上透過智慧型手機看我的國家的新聞。自己國家的新聞我就能充分理解，所以很開心。

　　31 明天學校放假，朋友要來我家。我要和朋友一起看電視上的日本新聞，學習新的字彙。

熟記單字及表現

□ニュース：新聞　　　　　□おまつり：祭典、廟會
□おぼえます：學會、掌握　■教科書：教科書
□スマホ：智能手機

問題6

32 3

さくら市　スポーツクラブの　お知らせ

　　さくら市の　スポーツクラブを　しょうかいします。
　　　　みんなで　スポーツを　しませんか。

★さくらFC
　金曜日の　夜✕に　サッカーを　します。

週一到週日都要上課或打工。→足球為 ✕

週六和週日的上午都要唸書。籃球和網球為 ✕

子どもから おとなまで いろいろな 人が います！

★SAKURA バスケットチーム

土曜日の 10時から 12時まで ✕ バスケットボールを してい
ます。

友だちも たくさん できますよ！

★バレーボールクラブ

日曜日の 夕方に たのしく バレーボールを しましょう！

バレーボールを したい人は だれでも だいじょうぶです！

★サクラテニス

毎週、日曜日の 朝に ✕ テニスを します。

はじめての 人にも やさしく おしえます！

櫻花市運動中心公告

向各位介紹櫻花市的運動中心。

各位一起來運動一下吧！

★櫻花足球俱樂部 ✕

週五的夜晚 一起來踢足球。

俱樂部的成員從小孩到大人，各種人都有！

★SAKURA 籃球隊 ✕

週六上午十點到十二點，一起來打籃球。

可以交到很多朋友喔！

★排球俱樂部

週日的傍晚，一起愉快的打排球吧！

歡迎想打排球的人加入我們的行列！

★櫻花網球社 ✕

每 週日的早晨 來打一場網球。

對初學者也很友善！

 **熟記單字及表現**

□ 紹介します：介紹

□ サッカー：足球

□ バスケットボール：籃球

□ バレーボール：排球

□ テニス：網球

問題1

例4

男の人と女の人が話しています。女の人は、明日まずどこへ行きますか。

M：明日、映画を見に行きませんか。

F：すみません。明日はアメリカから友だちが来ますから、ちょっと…。

M：そうですか。空港まで行きますか。

F：いいえ、電車の駅で会います。それから、いっしょに動物園へ行きます。

女の人は、明日まずどこへ行きますか。

女性跟男性在講話，女性明天要先去哪裡？

男：明天要不要和我一起去看電影？
女：不好意思。明天我有朋友從美國來，所以不太方便。
男：這樣啊。你要去機場嗎？
女：不，我在電車車站和他碰面。接著再一起去動物園。

女性明天要先去哪裡？

第1題　2

銀行で、銀行の人と男の人が話しています。男の人は、紙にどう書きますか。

F：この紙に、名前を書いてください。名前の下に、住所を書いてください。**住所は漢字で書いて、上にひらがなを書いてくださいね。**一番下には、電話番号を書いてください。　　　　── 住址是以漢字及平假名書寫。

M：あのう、**名前は英語で書きますか。**　　　　── 名字是以片假名書寫。

F：**いいえ、カタカナでおねがいします。**

M：はい、わかりました。

男の人は、紙にどう書きますか。

銀行裡，行員與一位男性正在交談。男性在紙上填寫的是什麼樣的內容？

女：請在這張紙上填寫姓名。姓名下方請寫下住址。**住址請以漢字書寫，並於上面加注平假名。**最下方請寫下電話號碼。
男：請問，**名字是以英語書寫嗎？**
女：**不，麻煩您以片假名書寫。**
男：好的，我知道了。

男性在紙上填寫的是什麼樣的內容？

熟記單字及表現

□銀行（ぎんこう）：銀行　　　　　　□住所（じゅうしょ）：住址
□電話番号（でんわばんごう）：電話號碼　□英語（えいご）：英語

第2題　4

🔊 N5_2_05

女（おんな）の人（ひと）と男（おとこ）の人（ひと）が話（はな）しています。男（おとこ）の人（ひと）は何（なに）を持（も）って行（い）きますか。

F：来週（らいしゅう）は、花見（はなみ）ですね。　**私（わたし）はおかしを持（も）って行（い）きますね。**——點心是女性會帶去。

M：じゃあ、私（わたし）は飲（の）みものを持（も）って行（い）きます。飲（の）みものは何（なに）がいいですか。

F：そうですね。じゃあ、**ジュースとお茶（ちゃ）を2本（ほん）ずつおねがいします。**——男性則是果汁和茶各帶二瓶去。

M：わかりました。2本（ほん）ずつですね。

男（おとこ）の人（ひと）は何（なに）を持（も）って行（い）きますか。

女性跟男性在講話。男性要帶什麼東西去？

女：下週就要去賞花了。**我要帶點心去喔。**
男：那我帶飲料去。要帶什麼飲料比較好？
女：我想想…那就**麻煩你果汁和茶各帶二瓶。**
男：我知道了。各二瓶對吧。

男性要帶什麼東西去？

熟記單字及表現

□花見（はなみ）：賞花
□〜ずつ：各〜

男の人と女の人が話しています。男の人はどこへ行きますか。

M：すみません。近くに郵便局はありますか。

F：あの大きい銀行、見えますか。あそこの交差点を左にまがっ
て、少し歩きます。郵便局は、コンビニのとなりですよ。

M：あ、ありがとうございます。

男の人はどこへ行きますか。

在銀行左轉。就位於便利商店的隔壁。

女性跟男性在講話。男性要去哪裡？

男：不好意思。這附近有郵局嗎？
女：有看到那間很大的銀行嗎？在那個路口向左轉，再走個幾步。郵局就在便利商店的隔壁。
男：啊！非常謝謝您。

男性要去哪裡？

★熟記單字及表現

□郵便局：郵局　　　　　　　　□銀行：銀行
□交差点：十字路口　　　　　　□まがります：轉彎
□コンビニ：便利店　　　　　　□〜の となり：…的旁邊

病院で、医者と男の人が話しています。男の人は、今晩どのくすりを飲みますか。

F：うーん…、かぜですね。くすりを出しますから、今晩から飲んでください。ごはんのあとに、この白くて小さいくすりを2つ、白くて大きいくすりを1つ飲んでください。

今晚是白色小藥丸 X 2、白色大藥丸 X 1

M：わかりました。この黒いくすりも飲みますか。

F：黒いくすりは、明日の朝、飲んでください。

明天早上：黑色的藥

M：わかりました。ありがとうございます。

男の人は、今晩どのくすりを飲みますか。

在醫院裡，醫生和一位男子正在交談。男性今晚要吃什麼藥？

女：嗯…你這是感冒。我開了藥，請您今晚開始吃。晚餐後**請服用二顆這種白色的小藥丸，以及一顆白色的大藥丸**。

男：我知道了。這個黑色的藥也要吃嗎？

女：**黑色的藥請您在明天早上吃。**

男：我知道了，謝謝。

男性今晚要吃什麼藥？

 熟記單字及表現

□医者：醫生　　　　　　　□今晩：今晚

□くすりを 飲みます：吃藥、喝藥　□白い：白、白的

□黒い：黑、黑的

第5題　1

🔊 N5_2_08

電話で、お店の人と女の人が話しています。女の人はいつお店に行きますか。

M：お電話ありがとうございます。あおばカフェです。

F：すみません。昨日、お店でかさをわすれたと思います。黄色いかさ、ありませんでしたか。

M：えーと、黄色いかさですね…。ああ、ありますよ。

F：よかった。私のです。あのう、日曜日の夜、取りに行ってもいいですか。

M：申し訳ありません、**日曜日はお休みです。土曜日はどうですか。**

F：**土曜日ですか。わかりました。お昼でもいいですか。**

M：**はい、だいじょうぶですよ。**

女の人はいつお店に行きますか。

> 週日公休，所以會在週六的白天去取回雨傘。

店裡的人正在和一位女子講電話。女性什麼時候要去店裡？

男：謝謝您的來電。這裡是青葉咖啡。

女：不好意思。我想我昨天把傘忘在店裡了。請問有沒有一把黃色的雨傘？

男：呃…黃色的雨傘是嗎…。啊！找到了。

女：太好了，那是我的傘。請問，我可以在週日晚上去拿嗎？

男：非常抱歉，**我們週日公休。可以請您週六來拿嗎？**

女：**週六嗎。我知道了，白天可以嗎？**

男：**可以，沒問題。**

女性什麼時候要去店裡？

□かさ：傘
□黄色い：黃色

第6題　4

🔊 N5_2_09

電話で、男の学生と女の先生が話しています。学生は学校ではじめに何をしますか。

M：先生、すみません。今起きました。

F：そうですか。じゃあ、はやく学校に来てください。

M：はい、すみません。

F：私はこれから、ほかのクラスで授業がありますから、**私のつくえの上に、宿題を出してください。それから、教室に行ってください。**

M：はい、わかりました。すみませんでした。

学生は学校ではじめに何をしますか。

一位男學生正在和女老師講電話。學生到學校後要先做什麼事？

男：老師，對不起。我現在才起床。
女：這樣啊。那請你儘快到學校來。
男：是的，對不起。
女：我接下來還有別班的課，**所以請把作業放在我的辦公桌上。然後再去教室。**
男：是的，我知道了。對不起。

學生到學校後要先做什麼事？

首先，把作業放在老師的辦公桌上，接著再到教室去。

□起きます：起床　※字典形是「起きる」
□ほかの 〜：其他的…、別的…
□つくえ：桌子
□宿題：作業

086

がっこう せんせい がくせい はな　　　　　がくせい　あした あさ
学校で、先生が学生に話しています。学生は、明日の朝どのバス
の
に乗りますか。

あした　はくぶつかん　い　はくぶつかん
M：明日は、博物館に行きます。博物館には、バスで来てくださ
はくぶつかん　い　　　　　　　　　ばん　　　ばん　　　　あさ　ばん
い。博物館へ行くバスは、24番と25番ですが、**朝は25番**
しろ　　　　　の　　　　　　　ばん　　　　　　　ごご　　　　　あさ
の白いバスに乗ってください。24番のバスは午後からで、朝
き
はありません。 気をつけてください。

がくせい　あした あさ　　　　　　　　の
学生は、明日の朝どのバスに乗りますか。

搭乘25號白色公車。
24號公車早上沒有。

學校裡，老師正在對學生說話。學生明天早上要搭乘哪一班公車？

男：明天要去博物館。請搭公車到博物館。往博物館的公車有 24 號和 25
號二條路線，**早上請搭 25 號的白色公車。24 號公車是從下午開始行**
駛，早上沒有發車。這點要請各位注意。

學生明天早上要搭乘哪一班公車？

熟記單字及表現

はくぶつかん
□博物館：博物館
ごご　　　　　　　　　　ごぜん
□午後：下午　⇔　午前：上午

もんだい
問題2

例　3　🔊 N5_2_12

がっこう　おとこ がくせい おんな せんせい はな　　　　　おとこ がくせい　　　せん
学校で、男の学生と女の先生が話しています。男の学生はいつ先
せい　はな
生と話しますか。

せんせい　　　　　　　　　　　　はな
M：先生、レポートのことを話したいです。

かいぎ　　　　　　　じ
F：そうですか。これから会議ですから、3時からはどうですか。

じはん
M：すみません、3時半からアルバイトがあります。

あした　じ
F：じゃあ、明日の9時からはどうですか。

M：ありがとうございます。おねがいします。

じ　　　　　　　　　　　　　　　はな
F：10時からクラスがありますから、それまで話しましょう。
おとこ がくせい　　　せんせい はな
男の学生はいつ先生と話しますか。

學校裡男學生和女老師正在交談。男學生要在什麼時候去找老師談話？

男：老師，我想和您談報告的事。
女：是嗎？接下來我要去開會，三點可以嗎？
男：不好意思，我三點半要打工。
女：那麼，明天九點可以嗎？
男：謝謝您。麻煩您了。
女：由於我十點有課，所以我們在那之前談完好嗎？

男學生要在什麼時候去找老師談話？

第1題　2

女の人と男の人が話しています。男の人の弟は何が好きですか。

F：山田さんは、きょうだいがいますか。

M：弟と妹がいます。私はスポーツが好きですが、**弟はいつもゲ** ─── 總是在打電動＝喜歡電玩
　　ームをしています。妹は、料理を作ることと、本を読むこと
　　が好きです。

F：そうですか。きょうだいみんな、ちがいますね。

男の人の弟は何が好きですか。

女性跟男性在講話。男性的弟弟喜歡什麼？

女：山田你有兄弟姐妹嗎？
男：我有弟弟和妹妹。我喜歡運動，**弟弟總是在打電動。**妹妹喜歡料理和
　　閱讀。
女：這樣啊。兄弟姐妹每位喜歡的東西都不一樣呢。

男性的弟弟喜歡什麼？

　熟記單字及表現

□きょうだい：兄弟姐妹
□スポーツ：體育運動
□ゲーム：遊戲
□ちがいます：不同、不一樣

第2題　3

N5_2_14

やおやで、男の人とお店の人が話しています。男の人はいくらはらいますか。

M：すみません。この80円のトマトを3つください。

F：はい、ありがとうございます。**このトマト、2つで150円ですよ。**

M：そうですか。**じゃあ、もう1つおねがいします。**

F：はい、ありがとうございます。

男の人はいくらはらいますか。

蔬果店裡，男性正在和店裡的人交談。男性付了多少錢？

男：不好意思，這個80日圓的蕃茄請你給我三個。
女：好的，謝謝您的惠顧。**這個蕃茄二個是150日圓喔。**
男：是嗎。**那請你再給我一個。**
女：好的，謝謝您的惠顧。

男性付了多少錢？

「請你再給我一個」→
總共買了4個

二個是150日圓，所以
4個是300日圓。

 熟記單字及表現

□トマト：番茄
□2つで150円：兩個一共是150日圓
※［数］で［値段］：［數量］一共［價錢］
□もう1つ：再多一個

第3題　1

N5_2_15

大学で、女の人と男の人が話しています。男の人は、昨日どうやって学校に来ましたか。

F：山田さんのアパートから学校まで、どのぐらいですか。

M：少し遠いです。自転車で30分ぐらいかかります。

F：たいへんですね。バスはありませんか。

M：ありますが、あまり乗りません。雨の日だけ、バスに乗ります。

F：昨日は雨でしたね。バスで来ましたか。

M：**いいえ、タクシーで来ました。朝、つかれていましたから。** ——
F：そうですか。

M：はい。でも、帰るときは歩きました。

男の人は、昨日どうやって学校に来ましたか。

大學裡，女性跟男性在講話。男性昨天是怎麼來學校的？

女：山田同學，從你的公寓到學校要花多久的時間？
男：有點遠。騎自行車大約要花 30 分鐘。
女：好辛苦。沒有公車嗎？
男：有是有，但我不太搭公車。只有下雨才會搭公車。
女：昨天就下雨了。你是搭公車來的嗎？
男：**不是，我是搭計程車來的。因為早上很累。**
女：是喔。
男：對啊。不過，回家的時候是用走的。

男性昨天是怎麼來學校的？

昨天是搭計程車來學校。

 熟記單字及表現

□**アパート**：公寓
□**自転車**：自行車
□**たいへんな**：費勁、真夠受的
□**タクシー**：出租車

第4題　1

◀)) N5_2_16

男の人と女の人が話しています。二人は、明日まずどこで会いますか。

M：明日の映画、何時からですか。

F：午後2時からですよ。

M：じゃあ、映画の前に、デパートのレストランで、ごはんを食べませんか。

F：いいですね。じゃあ、レストランの前で会いましょうか。

M：**えーと、駅前のバスていから、いっしょに行きましょう。** ——

F：わかりました。そうしましょう。

二人は、明日まずどこで会いますか。

在公車站碰面，再一起去餐廳用餐。

女性跟男性在講話。這二人明天要先在哪裡碰面？

男：明天電影是幾點開場？
女：下午二點開場。
男：那看電影之前，我們要不要先在百貨公司的餐廳一起吃頓飯？
女：好啊。那我們在餐廳前碰面吧！
男：我想…我們還是從車站前的公車站一起走過去吧！
女：我知道了。那就這樣吧。

這二人明天要先在哪裡碰面？

熟記單字及表現

□バスてい：公車站

第5題　2

🔊N5_2_17

学校で、先生が学生に話しています。先生はいつ宿題を返しますか。

M：みなさん、来週の水曜日はテストです。今日、宿題がありますから、来週の月曜日に出してください。**私が宿題を見て、次の日に返します。**よく勉強してくださいね。

先生はいつ宿題を返しますか。

學校中，老師正在對學生說話。老師何時會發回作業？

男：各位同學，下週三是考試。今天有回家作業，請在下週一交。**我會在隔天看完作業並發回。**請好好準備。

老師何時會發回作業？

星期一：學生交出作業

星期二：老師發回作業

星期三：考試

熟記單字及表現
□宿題：作業
□宿題を 見ます：檢查作業
□次の 日：第二天、翌日
□返します：返還、歸還

女の人と男の人が話しています。女の人は何人で旅行に行きましたか。

F：山田さん、これ、おみやげです。

M：ありがとうございます。どこのおみやげですか。

F：沖縄です。**夫と、夫の両親といっしょに行きました。** ──── 女性＋丈夫＋丈夫的父親及母親→4人

M：へえ、いいですね。

女の人は何人で旅行に行きましたか。

女性跟男性在講話。女性這次旅行共有幾個人？

女：山田，這是伴手禮。
男：謝謝你。這是哪裡的土產啊？
女：沖繩。**我和丈夫還有公公婆婆一起去的。**
男：那很不錯呢。

女性這次旅行共有幾個人？

　熟記單字及表現

□**おみやげ**：禮物、特產
□**夫**：丈夫
□**両親**：父母

問題3

例　1

🔊 N5_2_20

朝、学校で先生に会いました。何と言いますか。

M：1　おはようございます。

　　2　おやすみなさい。

　　3　おつかれさまでした。

早上在學校遇見老師。要說什麼？
男：1　早安。
　　2　晚安。
　　3　您辛苦了。

第1題　1

🔊 N5_2_21

友だちにプレゼントをあげます。何と言いますか。

F：1　これ、どうぞ。

　　2　これ、どうも。

　　3　これ、どうでしたか。

送禮物給朋友，要說什麼？
女：1　請收下。
　　2　謝謝你。
　　3　怎麼了嗎？

送禮的人要說「これ、<u>どうぞ</u>。（請收下）」

收禮的人要說「<u>どうも</u>ありがとう。（謝謝你）」

第2題　1

🔊 N5_2_22

タクシーに乗っています。駅に行きたいです。何と言いますか。

M：1　駅まで、おねがいします。

　　2　駅まで、行きませんか。

　　3　駅がほしいです。

想搭乘計程車前往車站。要說什麼？
男：1　麻煩你到車站。
　　2　要不要去車站？
　　3　我想要車站。

向計程車司機表示想去的地方。

第3題　3

🔊 N5_2_23

先生の家に入ります。何と言いますか。

「：1　失礼です。

　　2　失礼でした。

　　3　失礼します。

進入老師的家時，要說什麼？
女：1　沒禮貌。
　　2　我失了禮貌。
　　3　打擾了。

第4題　2

🔊 N5_2_24

はじめて会う人にあいさつをします。何と言いますか。

M：1　はじめてです。

　　2　はじめまして。

　　3　はじめますね。

向初次見面的人打招呼。要說什麼？
男：1　我是第一次。
　　2　初次見面。
　　3　我開始囉。

はじめまして：對初次見面的人說的寒暄語。

始めます：開始

第5題　2
🔊 N5_2_25

友だちがかぜをひきました。何と言いますか。

F：1　おつかれさまです。

　　2　お大事に。

　　3　お元気で。

朋友感冒了。要說什麼？
女：1　辛苦了。
　　2　請多保重。
　　3　再見。

お大事に：對生病或者受傷的人說的寒暄語。

お元気で：離別時說的寒暄語。

問題4

例　2
🔊 N5_2_27

F：お名前は。

M：1　18さいです。

　　2　田中ともうします。

　　3　イタリア人です。

女：請問您的名字是？
男：1　18歲。
　　2　我姓田中。
　　3　我是義大利人。

第1題　1
🔊 N5_2_28

F：トイレはどこですか。

M：1　3階ですよ。

　　2　きれいですよ。

　　3　2つありますよ。

女：廁所在哪裡？
男：1　在三樓喔。
　　2　很乾淨喔。
　　3　有兩間喔。

～は どこですか：…在哪裡？

第2題　3
🔊 N5_2_29

F：ここから空港まで、どのぐらいかかりますか。

M：1　12時に出ます。

　　2　バスで行きます。

　　3　1時間です。

女：從這裡到機場要花多久的時間？
男：1　12點出發。
　　2　搭公車去。
　　3　一小時。

空港：機場

どのぐらい かかりますか：需要花多長時間？

※用於詢問所需時長或者所需費用。

第3題　2

🔊 N5_2_30

M：テストはどうでしたか。

F：1　がんばってください。

　　2　あまりわかりませんでした。

　　3　たくさん勉強しました。

男：考得怎麼樣？
女：1　請加油。
　　2　我沒有搞懂。
　　3　我很努力地準備了。

どうでしたか：怎麼樣了？

考試看到題目，覺得知道該怎麼寫的時候會講「わかる（理解）」。「わかりませんでした」是「わかる」的過去否定形，代表考試考得不順利。

第4題　2

🔊 N5_2_31

F：山田先生のこと、知っていますか。

M：1　いいえ、しません。

　　2　いいえ、知りません。

　　3　いいえ、知っていません。

女：你知道山田老師嗎？
男：1　不，我不做。
　　2　不，我不知道。
　　3　不，正不知道。

知っていますか：你知道嗎？

回答的時候要用「知りません」。沒有選項3「知っていません」這種說法。

第5題　1

🔊 N5_2_32

M：少し休みませんか。

F：1　そうですね。休みましょう。

　　2　そうですね。休みませんでした。

　　3　そうですね。休みです。

男：要不要休息一下？
女：1　好啊，我們休息吧。
　　2　是啊，沒有休息過。
　　3　是啊，是休息時間。

～ませんか：要不要…？

～ましょう：讓我們…吧

第6題　1

🔊 N5_2_33

M：お子さんは何さいですか。

F：1　8さいです。

　　2　学校にいます。

　　3　二人います。

男：你的小孩幾歲？
女：1　八歲。
　　2　他在學校。
　　3　有二個小孩。

語言知識（文字・語彙）

問題1　請從1・2・3・4中，選出____的詞語最恰當的讀法。

（例）那個孩子很小。
　　1　×　2　小的　3　×　　4　×

1　因公出國。
　　1　×　　2　外國　3　×　　4　×

2　瑪莉亞九月結婚了。
　　1　×　　2　九月　3　×　　4　×

3　真是美麗的花。
　　1　臉　2　花　3　樹木　4　天空

4　請不要來這裡。
　　1　×　　　　　　2　×
　　3　×　　　　　　4　不要來

5　從早上開始腳就很痛。
　　1　手臂　2　頭　3　腳　4　脖子

6　這座城市有一條很大的河。
　　1　池子　2　河川　3　家　4　道路

7　暑假時攀登了一座很高的山。
　　1　高的　　　　　2　寬的
　　3　美麗的　　　　4　遠的

8　你要幾瓶果汁？
　　1　×　2　×　3　×　　4　幾瓶

9　車站的北方有一間美術館。
　　1　東方　2　西方　3　北方　4　南方

10　鑰匙在桌子上。
　　1　前面　2　旁邊　3　上面　4　下面

11　上個月舉辦了派對。
　　1　上個月　　　　2　前月
　　3　×　　　　　　4　×

12　水從這裡出來。
　　1　在　　2　做　3　睡覺　4　出來

問題2　請從選項1・2・3・4中，選出____的詞語最正確的漢字

（例）這台電視稍微便宜一些。
　　1　低的　　　　　　2　暗的
　　3　便宜的　　　　　4不好的

13　我喜歡冰淇淋。
　　1　冰淇淋　　　　　2　×
　　3　×　　　　　　　4　×

14　晚上開始下雨。
　　1　早上　2　中午　3　傍晚　4　晚上

15　我說英語。
　　1　×　　2　×　　3　說　　4　×

16　請仔細看。
　　1　看　　2　×　　3　×　　4　×

17　箱子裡面放了什麼？
　　1　白色　2　×　　3　書　4　裡面

18　青木和我同班。
　　1　×　　　　　　　2　×
　　3　×　　　　　　　4　相同的

19　我寫信給父母。
　　1　×　　2　×　　3　×　　4　寫

20　下週有考試。
　　1　下週　2　上週　3　這週　4　上週

問題3　（　）該放入什麼字？請從1・2・3・4中選出最適合的選項。

（例）昨天（　）了足球。
　　1　練習　2　故障　3　準備　4　修理

21　我買了四（　）白色的盤子。
　　1　杯　　　　　　　2　冊
　　3　台　　　　　　　4　枚（片狀物）

22　在下一站（　）。
　　1　經過　2　取得　3　搭乘　4　下車

23　天氣很冷，所以請（　）窗。
　　1　關　2　放入　3　打開　4　消

24 小明是個（　）男孩。
　1　簡單的　　　　　2　辦不到
　3　方便的　　　　　4　有活力的

25 天氣很熱，所以我們打開（　）吧。
　1　湯匙　　　　　　2　便利商店
　3　空調　　　　　　4　設計

26 老師，對不起。我（　）寫作業。
　1　支付　2　拉扯　3　輸　4　忘記

27 這碗湯非常地（　）。
　1　圓的　2　強的　3　辣的　4　弱的

28 週末要為測驗（　）。
　1　打掃　　　　　　2　讀書
　3　用餐　　　　　　4　洗衣服

29 下雨了，卻沒有（　），很困擾。
　1　名片　2　雨傘　3　照片　4　時鐘

30 （　）這條路再右轉。
　1　切割　2　拿取　3　製作　4　穿過

問題4　選項中有句子跟＿＿＿的句子意思幾乎一樣。請從1、2、3、4中選出一個最適合的答案。

例　我想要日文的書。
　1　我擁有日文書。
　2　我看得懂日文書。
　3　我正在賣日文書。
　4　我想要買日文書。

31 昨晚開始一直下雨。
　1　昨天早上開始一直下雨。
　2　昨天晚上開始一直下雨。
　3　前天早上開始一直下雨。
　4　前天晚上開始一直下雨。

32 教室並不寬敞。
　1　教室很狹窄。
　2　教室很大。
　3　教室很近。
　4　教室很明亮。

33 明天沒有休假。
　1　明天不工作。
　2　明天休假。
　3　明天要去工作。
　4　明天不去工作。

34 這個城市非常安靜。
　1　這個城市非常美麗。
　2　這個城市非常無趣。
　3　這個城市並不熱鬧。
　4　這個城市並不堅固。

35 我送了朋友去機場。
　1　朋友獨自去了機場。
　2　我帶了朋友去機場。
　3　朋友來到了機場。
　4　我在機場見了朋友。

語言知識（文法）・讀解

問題1　（　）內要放什麼進去？請從1、2、3、4的選項中選出一個最適合的答案。

例　昨天我（　）朋友去了公園。
　1　和　　2　　　　3　　　　4或

1 麻里同學的家位（　）河邊。
　1　×　　2　在　　3　用　　4　×

2 那一部是日本（　）車子。
　1　的　　2　是　　3　是　　4　和

3 看電視（　）再寫作業。
　1　之後　2　剛才　3～起　4～之後

4 每天晚上讀書（　）八點。
　1　在　　2　之前　3　直到　4　×

5 暑假要（　）美國旅行。
　1　×　　　　　　　2　去（目的）
　3　和　　　　　　　4　是

6 A：「要用什麼東西寫名字？」
　B：「請使用黑色（　）藍色的筆寫。」
　1　使用　2　的　　3　或　　4　也

7 （　　）時，要不要一起出去？
　　1　有空　　　　　　2　有空
　　3　有空的×　　　　4　有空的

8 去年（　　）去了一次京都。
　　1　時　 2　何時　3　只　4　從

9 A：「這支筆是（　　）？」
　　B：「啊，那是我的。」
　　1　哪裡的　　　　　2　何時的
　　3　誰的　　　　　　4　什麼的

10 田中老師：「時間到。考試結束。」
　　瑪莉亞：「老師，Ken還（　　）。」
　　田中老師：「Ken，時間到了。請交出
　　　　　　　　考卷。」
　　1　正在寫　　　　　2　不寫
　　3　寫了　　　　　　4　沒有寫

11 A：「Smith是（　　）的人？」
　　B：「他是非常溫柔的人。」
　　1　什麼　　　　　　2　什麼樣的
　　3　如何　　　　　　4　誰

12 在回國（　　）要買伴手禮。
　　1　之前是　　　　　2　在～之前
　　3　之後　　　　　　4　在～之後

13 我在自己的國家（　　）沒有學過日語。
　　1　完全（沒）　　　2　剛剛好
　　3　再次　　　　　　4　非常地

14 家裡誰都（　　）。
　　1　在　 2　有　 3　不在　4　沒有

15 A：「十二點了。中飯（　　）？」
　　B：「對呢，那再工作十分鐘，然後一
　　　　起吃飯吧。」
　　1　要不要一起吃　 2　吃了嗎
　　3　因為吃了　　　 4　我不想吃。

16 店員：「柳橙汁和漢堡，二樣是嗎？總
　　　　　共是450日圓。」
　　中田：「咦，不好意思。（　　）？」
　　店員：「450日圓。」
　　1　哪一個　　　　　2　幾點
　　3　哪一位　　　　　4　多少錢

問題2　該放進 ★ 的單字是哪一個？請從1、2、3、4的選項中選出一個最適合的答案。

A「你何時_____　_____　 ★
　_____？」
B「三月。」
　1　故鄉　2　往　　3　大概　4　回去

（作答方式）
1. 組合出正確的句子。
　A「你何時_____　_____　 ★
　　_____？」
　3　大概　1　故鄉　2　往　　4　回去
　B「三月。」
2. 將填入 ★ 的選項劃記到答案卡上。

17 我的房間_____　_____　 ★
　_____寬敞。
　1　但　　　　　　　　2　×
　3　是　　　　　　　　4　老舊的

18 這個_____　_____　 ★
　_____不是。
　1　的　　　　　　　　2　今年
　3　並　　　　　　　　4　月曆

19 村田：「金先生_____　_____
　　　　 ★ 　_____什麼？」
　金：「家人。」
　1　重要的　　　　　　2　是
　3　東西　　　　　　　4　最

20 我妹妹_____　_____　_____　 ★
　_____。
　1　很長　2　頭髮　3　×　　4　的

21 這份作業請_____　_____　_____　 ★
　_____。
　1　之前　2　週二　3　交　　4　×

098

問題3 ☐22☐ ～ ☐26☐ 該放入什麼字？思考文章的意義，從1·2·3·4中選出最適合的答案。

林同學和宋同學寫了關於「暑假」的作文，在班上朗讀。

(1)林同學的作文
暑假時和朋友去了海邊。從我的城鎮到海邊，搭電車要花二個小時。海邊有 ☐22☐ 人，我們在海裡游泳和玩球。海裡的水很乾淨，也有小魚。明年我也 ☐23☐ 和朋友一起 ☐23☐ 海邊。

(2)宋同學的作文
暑假的天氣很熱。我很討厭炎熱的天氣，所以 ☐24☐ 出門。上學的日子都忙於課業，☐25☐ 因為暑假有時間，所以我每天都在家觀賞動畫。看的都是我一直很想看的動畫。各位喜歡動畫嗎？下次和我一起 ☐26☐ 動畫 ☐26☐ 。

☐22☐
1 經常 　　 2 接下來
3 許多 　　 4 馬上

☐23☐
1 想～去 　　 2 不～去
3 去 　　 4 去了

☐24☐
1 馬上 　　 2 沒有太
3 許多 　　 4 稍微

☐25☐
1 但是 　 2 所以 　 3 然後 　 4 而且

☐26☐
1 看～吧 　　 2 請不要看
3 看過了～嗎 　 4 沒看過～嗎

問題4 閱讀下列從（1）到（3）的文章，從1·2·3·4中選出對問題最適合的回答。

（1）
今天上學前，我去了一趟書店，但是沒有我想看的書。然後我去了圖書館借了書。借來的書，我在教室讀了一些。這本書下個月要還給圖書館。

☐27☐ 「我」今天做了什麼事？
1 在書店買了書。
2 在圖書館看了書。
3 在圖書館還了書。
4 在學校看了書。

（2）
（在學校）
同學們看了這張公告。

致各位同學
下週一是漢字考試。考試將從10：40開始，於142教室進行。
9：00－10：35在141教室上文法課。
上完課之後，請留在141教室等待。老師會去叫名字。

☐28☐ 考試當天，學生要做什麼？
1 9點去學校，上完課之後等老師來。
2 9點去學校，考完試後大家一起去142教室。
3 10點40分去學校，在142教室考試。
4 10點40分去學校，在141教室等待老師。

（3）
吉田同學寫信給范同學。

范同學

　　昨天家人拿了水果給我，我想拿一些給你。我可以拿去你的房間給你嗎？請告訴我你在家的時間。

　　我今天到傍晚為止都要上課，之後就都有空。明天晚上要打工，若是中午之前隨時都可以。

　　　　　　　　　　　　　　　　吉田

29 吉田同學何時有空？
　　1　今天晚上、明天早上。
　　2　今天晚上、明天晚上。
　　3　今天白天、明天白天。
　　4　明天早上、明天晚上。

問題5　閱讀以下文章，回答問題。從 1．2．3．4中選出對問題最適合的回答。

此為王同學所寫的作文。

　　　　　　日本的電視節目
　　　　　　　　　　　　　　　王成

　　上個月朋友給了我一台電視。一台很大的電視。這是我到日本以來，第一次看電視。雖然看了新聞，但因為日語很難，所以我完全看不懂。

　　上週在電視上看到我鎮上的新聞。那是鎮上舉辦祭典的新聞。雖然日語很困難，但還是看懂了一些。我非常地開心。

　　我每天早上都會看電視新聞，背誦新聞中的日語，從中可以學到學校教科書中沒有的單字。因為可以學習日語，所以真的很棒。去學校的時候，我會在電車上透過智慧型手機看我的國家的新聞。自己國家的新聞我就能充分理解，所以很開心。

　　明天學校放假，朋友要來我家。我要和朋友一起看電視上的日本新聞，學習新的字彙。

30 為什麼我非常地開心呢？
　　1　因為得到一台很大的電視機。
　　2　因為在日本第一次看電視節目。
　　3　因為祭典很好玩。
　　4　因為稍微看懂一點日本的新聞。

31 王同學明天要和朋友做什麼？
　　1　利用智慧型手機看自己國家的新聞。
　　2　在電視上看日本的新聞。
　　3　唸教科書的內容。
　　4　搭電車去學校。

問題6　閱讀右頁的文章，回答問題。從 1．2．3．4中選出對問題最適合的回答。

32 田中同學想和朋友一起運動。田中同學從週一到週五都要上課和打工，所以沒辦法運動。休假日的上午則是要唸書。田中同學要做的是哪一項運動？
　　1　足球
　　2　籃球
　　3　排球
　　4　網球

　　　　　　櫻花市運動中心公告

　　向各位介紹櫻花市的運動中心。
　　　各位何不一起來運動一下！

★櫻花足球俱樂部
週五的夜晚一起來踢足球。

俱樂部的成員從小孩到大人，各種人都有！

★SAKURA籃球隊
週六上午十點到十二點，一起來打籃球。
可以交到很多朋友喔！

★排球俱樂部
週日的傍晚，一起愉快的打排球吧！
歡迎想打排球的人加入我們的行列！

★櫻花網球社
每週日的早晨來打一場網球。
對初學者也很友善！

聽解

問題1
在問題1中，請先聽問題。聽完對話後，從試題冊上1～4的選項中，選出一個最適當的答案。

例
女性跟男性在講話，女性明天要先去哪裡？
男：明天要不要和我一起去看電影？
女：不好意思。明天我有朋友從美國來，所以不太方便。
男：這樣啊。你要去機場嗎？
女：不，我在電車車站和他碰面。接著再一起去動物園。

女性明天要先去哪裡？
1 動物園
2 電影院
3 機場
4 電車車站

第1題
銀行裡，行員與一位男性正在交談。男性在紙上填寫的是什麼樣的內容？
女：請在這張紙上填寫姓名。姓名下方請寫下住址。住址請以漢字書寫，並於上面加注平假名。最下方請寫下電話號碼。
男：請問，名字是以英語書寫嗎？
女：不，麻煩您以片假名書寫。
男：好的，我知道了。

男性在紙上填寫的是什麼樣的內容？
ジョン・ブラウン：人名，John Brown的片假名寫法

第2題
女性跟男性在講話。男性要帶什麼東西去？
女：下週就要去賞花了。我要帶點心去喔。
男：那我帶飲料去。要帶什麼飲料比較好？
女：我想想…那就麻煩你果汁和茶各帶二瓶。
男：我知道了。各二瓶對吧。

男性要帶什麼東西去？

3

4

男性今晚要吃什麼藥？

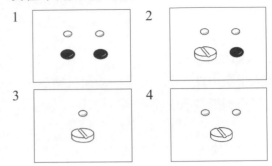
1　　　　　　2
3　　　　　　4

第3題

女性跟男性在講話。男性要去哪裡？

男：不好意思。這附近有郵局嗎？

女：有看到那間很大的銀行嗎？在那個路口向左轉，再走個幾步。郵局就在便利商店的隔壁。

男：啊！非常謝謝您。

男性要去哪裡？

コンビニ：便利商店
ぎんこう
銀行：銀行

第4題

在醫院裡，醫生和一位男子正在交談。男性今晚要吃什麼藥？

女：嗯…你這是感冒。我開了藥，請您今晚開始吃。晚餐後請服用二顆這種白色的小藥丸，以及一顆白色的大藥丸。

男：我知道了。這個黑色的藥也要吃嗎？

女：黑色的藥請您在明天早上吃。

男：我知道了，謝謝。

第5題

店裡的人正在和一位女子講電話。女性什麼時候要去店裡？

男：謝謝您的來電。這裡是青葉咖啡。

女：不好意思。我想我昨天把傘忘在店裡了。請問有沒有一把黃色的雨傘？

男：呃…黃色的雨傘是嗎…。啊！找到了。

女：太好了，那是我的傘。請問，我可以在週日晚上去拿嗎？

男：非常抱歉，我們週日公休。可以請您週六來拿嗎？

女：週六嗎。我知道了，白天可以嗎？

男：可以，沒問題。

女性什麼時候要去店裡？

1　星期六的白天
2　星期六的 上
3　星期日的白天
4　星期日的晚上

第6題

一位男學生正在和女老師講電話。學生到學校後要先做什麼事？

男：老師，對不起。我現在才起床。

女：這樣啊。那請你儘快到學校來。

男：是的，對不起。

女：我接下來還有別班的課，所以請把作業放在我的辦公桌上。然後再去教室。

男：是的，我知道了。對不起。

學生到學校後要先做什麼事？
1 在教室寫作業。
2 打電話給老師。
3 前往老師所在的班級。
4 把作業放在老師的桌子上。

第7題

學校裡，老師正在對學生說話。學生明天早上要搭乘哪一班公車？

男：明天要去博物館。請搭公車到博物館。往博物館的公車有24號和25號二條路線，早上請搭25號的白色公車。24號公車是從下午開始行駛，早上沒有發車。這點要請各位注意。

學生明天早上要搭乘哪一班公車？

 1
 2
 3
 4

問題2

在問題2中，請先聽問題。聽完對話後，從試題冊上1～4的選項中，選出一個最適當的答案。

例

學校裡男學生和女老師正在交談。男學生要在什麼時候去找老師談話？

男：老師，我想和您談報告的事。

女：是嗎？接下來我要去開會，三點可以嗎？

男：不好意思，我三點半要打工。

女：那麼，明天九點可以嗎？

男：謝謝您。麻煩您了。

女：由於我十點有課，所以我們在那之前談完好嗎？

男學生要在什麼時候去找老師談話？
1 今天三點
2 今天三點半
3 明天九點
4 明天十點

第1題

女性跟男性在講話。男性的弟弟喜歡什麼？

女：山田你有兄弟姐妹嗎？

男：我有弟弟和妹妹。我喜歡運動，弟弟總是在打電動。妹妹喜歡料理和閱讀。

女：這樣啊。兄弟姐妹每位喜歡的東西都不一樣呢。

男性的弟弟喜歡什麼？

1  2

3   4

第2題

蔬果店裡，男性正在和店裡的人交談。男性付了多少錢？

男：不好意思，這個80日圓的蕃茄請你給我三個。

女：好的，謝謝您的惠顧。這個蕃茄二個是150日圓喔。

男：是嗎。那請你再給我一個。

女：好的，謝謝您的惠顧。

男性付了多少錢？

1　230日圓

2　240日圓

3　300日圓

4　320日圓

第3題

大學裡，女性跟男性在講話。男性昨天是怎麼來學校的？

女：山田同學，從你的公寓到學校要花多久的時間？

男：有點遠。騎自行車大約要花30分鐘。

女：好辛苦。沒有公車嗎？

男：有是有，但我不太搭公車。只有下雨才會搭公車。

女：昨天就下雨了。你是搭公車來的嗎？

男：不是，我是搭計程車來的。因為早上很累。

女：是喔。

男：對啊。不過，回家的時候是用走的。

男性昨天是怎麼來學校的？

第4題

女性跟男性在講話。這二人明天要先在哪裡碰面？

男：明天電影是幾點開場？

女：下午二點開場。

男：那看電影之前，我們要不要先在百貨公司的餐廳一起吃頓飯？

女：好啊。那我們在餐廳前碰面吧！

男：我想…我們還是從車站前的公車站一起走過去吧！

女：我知道了。那就這樣吧。

這二人明天要先在哪裡碰面？

バス：公車

○○デパート：○○百貨公司

○○セール：○○大拍賣

レストラン：餐廳

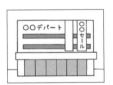

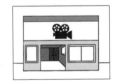

第5題

學校中，老師正在對學生說話。老師何時會發回作業？

男：各位同學，下週三是考試。今天有回家作業，請在下週一交。我會在隔天看完作業並發回。請好好準備。

老師何時會發回作業？

1　星期一

2　星期二

3　星期三

4　星期四

第6題

女性跟男性在講話。女性這次旅行共有幾個人？

女：山田，這是伴手禮。

男：謝謝你。這是哪裡的土產啊？

女：沖繩。我和丈夫還有公公婆婆一起去的。

男：那很不錯呢。

女性這次旅行共有幾個人？

1　二人
2　三人
3　四人
4　五人

問題3

在問題3中，請一邊看圖一邊聽問題。箭頭（→）所指的人說了些什麼？從1～3的選項中，選出最符合情境的發言。

例

早上在學校遇見老師。要說什麼？

女：1　早安。
　　2　晚安。
　　3　您辛苦了

第1題

送禮物給朋友，要說什麼？

女：1　請收下。
　　2　謝謝你。
　　3　怎麼了嗎？

第2題

想搭乘計程車前往車站。要說什麼？

男：1　麻煩你到車站。
　　2　要不要去車站？
　　3　我想要車站。

文字・語彙　文法　讀解　聽解　試題中譯

第3題

進入老師的家時，要說什麼？

女：1　沒禮貌。

　　2　我失了禮貌。

　　3　打擾了。

第4題

向初次見面的人打招呼。要說什麼？

男：1　我是第一次。

　　2　初次見面。

　　3　我開始囉。

第5題

朋友感冒了。要說什麼？

女：1　辛苦了。

　　2　請多保重。

　　3　再見。

問題4

問題4沒有任何圖像。請先聽一句話，再從選項1～3中，選出最恰當的答案。

例

女：請問您的名字是？

男：1　18歲。

　　2　我姓田中。

　　3　我是義大利人。

第1題

女：廁所在哪裡？

男：1　在三樓喔。

　　2　很乾淨喔。

　　3　有兩間喔。

第2題

女：從這裡到機場要花多久的時間？

男：1　12點出發。

　　2　搭公車去。

　　3　一小時。

第3題

男：考得怎麼樣？

女：1　請加油。

　　　2　我沒有搞懂。

　　　3　我很努力地準備了。

第4題

女：你知道山田老師嗎？

男：1　不，我不做。

　　　2　不，我不知道。

　　　3　不，正不知道。

第5題

男：要不要休息一下？

女：1　好啊，我們休息吧。

　　　2　是啊，沒有休息過。

　　　3　是啊，是休息時間。

第6題

男：你的小孩幾歲？

女：1　八歲。

　　　2　他在學校。

　　　3　有二個小孩。

第3回　解答・解説

解答・解説

ごうかくもし かいとうようし

N5 げんごちしき (もじ・ごい)

じゅけんばんごう Examinee Registration Number

なまえ Name

〈ちゅうい Notes〉

1. くろいえんぴつ (HB、No.2) でかいてください。
   Use a black medium soft (HB or No.2) pencil.
   (ペンやボールペンではかかないでください。)
   (Do not use any kind of pen.)

2. かきなおすときは、けしゴムできれいにけしてください。
   Erase any unintended marks completely.

3. きたなくしたり、おったりしないでください。
   Do not soil or bend this sheet.

4. マークれい Marking Examples

よいれい Correct Example	わるいれい Incorrect Examples
●	⊘ ⊗ ◯ ◑ ⊖ ⊙

もんだい1

	①	②	③	④
1		●		
2			●	
3		●		
4			●	
5			●	
6			●	
7		●		
8			●	
9		●		
10			●	
11			●	
12			●	

もんだい2

	①	②	③	④
13		●		
14		●		
15			●	
16		●		
17		●		
18			●	
19		●		
20			●	

もんだい3

	①	②	③	④
21			●	
22	●			
23		●		
24	●			
25			●	
26		●		
27	●			
28			●	
29	●			
30				●

もんだい4

	①	②	③	④
31			●	
32		●		
33			●	
34			●	
35				●

N5　げんごちしき（ぶんぽう）・どっかい

第3回

じゅけんばんごう
Examinee Registration Number

なまえ
Name

〈ちゅうい　Notes〉

1. くろいえんぴつ（HB、No.2）でかいてください。
   Use a black medium soft (HB or No.2) pencil.
   （ペンやボールペンではかかないでください。）
   (Do not use any kind of pen.)

2. かきなおすときは、けしゴムできれいにけしてください。
   Erase any unintended marks completely.

3. きたなくしたり、おったりしないでください。
   Do not soil or bend this sheet.

4. マークれい　Marking Examples

よいれい Correct Example	わるいれい Incorrect Examples
●	⊗ ◯ ◑ ⊙ ⊘ ⦸ ⊖ ●

もんだい1

	1	2	3	4
1	①	●	③	④
2	①	●	③	④
3	①	②	●	④
4	●	②	③	④
5	①	②	●	④
6	●	②	③	④
7	①	●	③	④
8	①	●	③	④
9	①	②	●	④
10	●	②	③	④
11	①	●	③	④
12	①	●	③	④
13	①	●	③	④
14	●	②	③	④
15	●	②	③	④
16	①	②	●	④

もんだい2

	1	2	3	4
17	①	②	●	④
18	①	②	③	●
19	①	②	●	④
20	●	②	③	④
21	①	②	③	●

もんだい3

	1	2	3	4
22	●	②	③	④
23	①	②	●	④
24	①	●	③	④
25	①	②	●	④
26	①	●	③	④

もんだい4

	1	2	3	4
27	●	②	③	④
28	①	●	③	④
29	①	②	③	●

もんだい5

	1	2	3	4
30	①	②	③	●
31	①	②	③	●

もんだい6

	1	2	3	4
32	●	②	③	④

ごうかくもし かいとうようし

N5 ちょうかい

第3回

じゅけんばんごう
Examinee Registration Number

なまえ
Name

〈ちゅうい Notes〉

1. くろいえんぴつ (HB、No.2) でかいてください。
Use a black medium soft (HB or No.2) pencil.
（ペンやボールペンではかかないでください。）
(Do not use any kind of pen.)

2. かきなおすときは、けしゴムできれいにけしてください。
Erase any unintended marks completely.

3. きたなくしたり、おったりしないでください。
Do not soil or bend this sheet.

4. マークれい Marking Examples

よいれい Correct Example	わるいれい Incorrect Examples
●	⊗ ◯ ⦸ ◑ ⊘ ⊖ ⊜

もんだい1

	①	②	③	④
れい	①	②	③	●
1	①	●	③	④
2	①	②	●	④
3	①	●	③	④
4	●	②	③	④
5	①	②	③	●
6	①	●	③	④
7	①	②	●	④

もんだい2

	①	②	③	④
れい	①	②	③	●
1	①	●	③	④
2	①	②	●	④
3	①	●	③	④
4	①	●	③	④
5	①	②	③	●
6	①	②	③	●

もんだい3

	①	②	③
れい	●	②	③
1	●	②	③
2	●	②	③
3	①	●	③
4	①	●	③
5	①	●	③

もんだい4

	①	②	③
れい	①	●	③
1	①	●	③
2	●	②	③
3	①	●	③
4	①	●	③
5	①	●	③
6	①	●	③

第三回 得分表

		配分	答對題數	分數
文字・語彙	問題1	1分×12題	／12	／12
	問題2	1分×8題	／8	／8
	問題3	1分×10題	／10	／10
	問題4	2分×5題	／5	／10
文法	問題1	2分×16題	／16	／32
	問題2	2分×5題	／5	／10
	問題3	3分×5題	／5	／15
讀解	問題4	4分×3題	／3	／12
	問題5	4分×2題	／2	／8
	問題6	3分×1題	／1	／3
	合計	120分		／120

		配分	答對題數	分數
聽解	問題1	3分×7題	／7	／21
	問題2	3分×6題	／6	／18
	問題3	3分×5題	／5	／15
	問題4	1分×6題	／6	／6
	合計	60分		／60

※此評分表的分數分配是由ASK出版社編輯部對問題難度進行評估後獨自設定的。

語言知識（文字・語彙）

問題1

1 2 かえります
帰ります：回、歸來

2 3 ちゃ
お茶：茶

🔊 2 水：水

3 2 じてんしゃ
自転車：自行車

🔊 3 自動車：汽車

4 4 あつい
暑い：熱、炎熱

🔊 1 さむい：冷、寒冷

5 4 ろっぴゃく
六百：六百

6 1 うまれました
生まれます：出生

7 2 まいつき
毎月：每個月

8 3 ながい
長い：長

🔊 1 広い：寬敞
2 せまい：狹窄
4 短い：短

9 2 あかい
赤い：紅

🔊 1 青い：藍
3 白い：白
4 黒い：黑

10 4 はなび
花火：煙火

11 1 あかるい
明るい：明亮

12 1 おと
音：聲響

🔊 2 声：聲音
3 色：顏色
4 味：味道

問題2

13 2 ボールペン
ボールペン：圓珠筆

14 2 元気
元気な：精神；身體硬朗

15 4 読みます
読みます：讀、看、閱讀

🔊 1 書きます：寫
2 話します：說話、講
3 買います：買

16 2 兄

兄：哥哥

会います：見面

🔊 1 父：爸爸、父親
3 弟：弟弟
4 母：媽媽、母親

17 3 電車

電車：電車

18 1 小学生

妹：妹妹

小学生：小學生

🔊 2 中学生：初中生
3 高校生：高中生
4 大学生：大學生

19 3 町

町：城鎮

🔊 1 駅：車站
2 市：城市、都市
4 村：村子、村莊

20 2 会社

会社：公司

問題3

21 3 レストラン

レストラン：餐廳、西餐館

🔊 1 メートル：公尺（計量單位）
2 サングラス：墨鏡
4 ハンサム：帥、美男子

22 2 かえしに

返します：返還、歸還

🔊 1 帰ります：回、歸來
3 遊びます：玩、玩耍
4 わすれます：忘記

23 4 べんり

べんりな：便利、方便

🔊 1 へたな：不擅長、拙劣
2 じょうずな：擅長、拿手
3 しずかな：安靜

24 1 のんで

くすりを 飲みます：吃藥、喝藥

25 4 ほん

〜本：表示細長物體的量詞

🔊 1 〜まい：表示片狀物的量詞
2 〜こ：〜個、表示一般事物的量詞
3 〜さつ：〜本、〜冊、表示書本的量詞

26 1 もって

持ちます：持、拿

🔊 2 書きます：寫
3 着ます：穿（衣服）
4 します：做

27 2 きょねん

去年：去年

🔊 1 来月：下個月
3 あさって：後天
4 今晩：今晚

28 3 まって

待ちます：等、等待

🔊 1 買います：買
2 （写真を）とります：拍（照片）
4 会います：會面、見面

29 1 なに

何：什麼

本屋：書店

となり：旁邊、隔壁

🔊 2 いつ：什麼時候
3 どこ：哪裡
4 だれ：誰

30 4 はいります

（おふろに）入ります：洗澡、泡澡

🔊 1 切ります：切、割
2 いります：需要
3 （シャワーを）あびます：洗澡、淋浴

問題4

31 3 がっこうは　よっかかん　やすみ
です。學校放四天假。

きのう：昨天

あさって：後天
二日間：兩天
三日間：三天
四日間：四天
五日間：五天

32 4 しゅうまつは　いそがしかったで
す。週末很忙碌。

いそがしい：忙

🔊 1 きれいな：乾淨；漂亮
2 にぎやかな：熱鬧
3 たのしい：開心、快樂

33 1 あには　えいごを　おしえて　い
ます。哥哥在教英語。

教師：教師

教えます：教、教授

🔊 2 習います：學、學習

34 3 つまは　およぐのが　へたです。
妻子不擅長游泳。

つま：妻子

泳ぎます：游泳

へたな：不擅長、拙劣

🔊 1 きらいな：討厭
2 好きな：喜歡
4 かんたんな：簡單

35 4 いもうとは　ははに　かばんを
かりました。妹妹向媽媽借了一個包包。

はは（媽媽）→かばん（包包）→いもうと
（妹妹）

AはBに～を貸します：A借給B…

BはAに～を借ります：B向A借…

🔊 1・3 AはBに～をあげます：A給B…

語言知識（文法）・讀解

◆ 文法

問題1

1 2 で

[場所]＋で：在[某地（地點名詞）]

例 公園で サッカーを します。　在公園踢足球。

2 2 に

[曜日]＋に：在[某一天（時間名詞）]

例 日曜日に テニスを します。　在星期日打網球。

3 3 の

A と B の あいだ：A和B之間

例 学校と 銀行の あいだに コンビニが あります。　學校和銀行之間有一間便利商店。

4 1 で

連續出現兩個或兩個以上形容詞時，依形容詞的種類加上「で」或是「くて」：

・[な形容詞]＋で、～

・[い形容詞]＋くて、～

例 兄は、せが 高くて、やさしいです。　哥哥身材高大又溫柔。

5 3 に

[方向]＋に まがります：朝[方向]轉彎

例 つぎの 信号を 左に まがります。　下一個紅綠燈左轉。

6 1 に

～に 電話を かけます：給…打電話

例 学校を 休むときは、先生に 電話を かけます。　向學校請假時，要打電話給老師。

7 3 から

[時間]＋から：從[時間]開始

例 授業は 9時から 12時までです。　課是從九點開始到十二點為止。

8 1 に

～に します：表示從眾多選項中選擇其中一個。

9 3 あとで

[動詞た形]＋あとで：做完某事之後（使用動詞た形）

🔖 1 [動詞辞書形]＋まえに：做某事之前（使用動詞辭書形）

2 [名詞]＋のまえに：在…之前（使用名詞）

4 [名詞]＋のあとで：在…之後（使用名詞）

10 2 かく

[動詞辞書形]＋とき：在做某事時（使用動詞辭書形）

例 学校へ 行くとき、電車に 乗ります。　去學校時，搭的是電車。

11 2 どちら

お国は どちらですか：你來自哪個國家？

12 2 まだ

まだ ～て いません：還沒…。

文字・語彙

文法

讀解

聽解

試題中譯

まだです。＝まだ 食^たべて いません。（還沒吃）

> 例 まだ 宿題^{しゅくだい}を して いません。 作業還沒寫。

13 3 だれが

わたしです。＝是我（拍的）。

14 1 こと

[動詞辞書形^{どうしじしょけい}]＋ことが 好^すきです：喜歡做某事（使用動詞辭書形）

> 例 妹^{いもうと}は 本^{ほん}を 読^よむことが 好きです。 妹妹喜歡閱讀。

15 1 行^いきませんか

～ませんか：你要不要…？

> 例 夏休^{なつやす}み、いっしょに 旅行^{りょこう}に 行^いきませんか。 暑假要不要一起去旅行？

16 3 どうぞ

給東西的人「どうぞ。（請收下）」

得到東西的人「どうも ありがとう。（非常謝謝你）」

問題^{もんだい}2

17 4

あにはわたし 3より 2せ 4が 1高^{たか}いです。

哥哥3比我2身高4×（此字用以表示敘述的對象，不一定能翻成中文）1高。

Aは Bより ～：A比B更…

> 例 中国^{ちゅうごく}は 日本^{にほん}より 広^{ひろ}いです。 中國比日本遼闊。

Aは Bが ～：A的B…

> 例 うちの 犬^{いぬ}は 毛^けが 長^{なが}いです。 我家狗的毛很長。

18 1

このふるい 4かさ 2は 1父^{ちち} 3の です。

這把舊4傘2是1爸爸3的。

古^{ふる}い：舊、老舊

父^{ちち}の＝爸爸的（傘）

19 4

お母^{かあ}さんの 3びょうきは 2もう 4よく 1なりました か。

母親的3病2已經4治好1了。

もう：已經；再

[い形容詞^{けいようし}]～く なります：變得［い形容詞］

「いい」＝「よく なります（變好了）」

> 例 この タオルは 古^{ふる}く なりましたから、すてます。 這條毛巾變舊了，所以要丟。

20 1

駅^{えき}の 2となりに 3大^{おお}きい 1スーパーが 4できて べんりになりました。

車站的2隔壁3很大的1超市4落成了，變得很方便。

～の となり：…的旁邊

～て、～：連接兩個或兩個以上的句子時使用て形。

> 例 動物園^{どうぶつえん}へ 行^いって、写真^{しゃしん}を とりました。 去動物園拍了照片。

21 3

ここはわたし 4が 1きのう 3来^きた 2店^{みせ} です。

這裡是我4×1昨天3來過的2商店。

わたしが きのう 来^きた 店^{みせ}（我昨天來過的商店）

22 **1 います**

描述人的時候要用「います」，描述物品時才會使用「あります」。

例 公園に 子どもが たくさん <u>います</u>。【人】

公園裡<u>有</u>許多小孩。【人】

れいぞうこの 中に ぎゅうにゅうが 3本 <u>あります</u>。【もの】

冰箱裡<u>有</u>三瓶牛奶。【物】

23 **3 だから**

【原因（原因）】

みんな その ルールを まもります。大家都遵守那條規則。

↓ だから（所以）

【結果（結果）】

きもちよく 電車に のることが できます。可以舒適地搭電車。

24 **2 と**

Aと Bは ちがいます：A和B不同。

25 **3 話しません**

あまり ～ません：不怎麼…

例 さむいですから、**あまり** <u>外に</u> <u>行きません</u>。 因為天氣很冷，所以<u>不太外出</u>。

26 **2 で**

[道具] ＋で：表示道具或手段。

例 なべ<u>で</u> 料理を 作ります。 使用鍋子做菜。

◆ 讀解

問題4

(1) 27 1

わたしは　先週の　火曜日から　金曜日まで　京都に　行きました。**火曜日は　お寺を　見たり**、買いものを　したり　しました。**わたしは　お寺が　好きですから、水曜日も　見に　行きました。**木曜日は　映画館で　映画を　見ました。金曜日は　おみやげを　買いました。とても　たのしかったです。

星期二和星期三去參觀寺廟。

　　上週的星期二到星期五我去了京都。**星期二去參觀寺廟和購物。因為我很喜歡寺廟，所以星期三也去參觀了寺廟。**星期四去電影院看電影。星期五則是購買土產。非常地開心。

熟記單字及表現

□**お寺**：寺廟　　　　　　　　□**映画館**：電影院
□**おみやげ**：禮物、土特產

(2) 28 2

図書館を　使う　みなさんへ

今日は　図書館の　本を　かたづけます。本を　かりることはできません。**かえす　本は　入口の　となりの　ポストに　入れて　ください。**

2階の　へやは　午後1時から　5時までです。へやの　入口に紙が　ありますから、紙に　名前を　書いてから　使って　ください。

中央図書館

返還書籍的時候，把書投入入口旁的收件箱。

　　致圖書館的各位使用者
　　今日將整理圖書館的圖書。書籍將不開放借閱。**欲歸還的書請投入入口旁的收件箱。**
　　二樓的空間將於下午一點至五點開放使用。入口處有張紙，請在紙上寫下姓名後再使用。

熟記單字及表現

□**かたづけます**：收拾、整理
□**入口**：入口
□**ポスト**：郵筒、信箱

(3) 29 4

> ユンさん
>
> 　12時15分ごろ　ヤマダ会社の　森さんから　電話が　ありました。あしたの　会議の　時間を　かえたいと　言って　いました。**16時までに　電話を　してください。**
>
> 　森さんは　これから　出かけますから、**会社では　なくて、森さんの　けいたい電話に　かけて　ください。**
>
> 佐藤　12:20
>
> Yon 先生
> 　12 時 15 分左右，山田公司的森先生來電。他說希望更改明天會議的時間。**請在 16 時之前回電。**
> 　由於森先生接下來要外出，所以**請不要打電話到公司，而是打電話到森先生的手機。**
>
> 佐藤　12:20

在 16:00 前打電話到森先生的手機。

熟記單字及表現

□**会議**：會議
□**変えます**：改變、變更
□**これから**：從現在開始
□**出かけます**：出門
□**けいたい電話**：手機

文字・語彙

文法

讀解

聽解

試題中譯

問題5

30 4　　**31** 4

東京へ　行きました

ジェイソン・パーク

　先週、母が　日本に　来ました。母と　いっしょに　東京へ　行きました。**30**母と　わたしは　日本語が　あまり　できませんから、すこし　こわかったです。

　東京では、レストランや　お店や　お寺など、いろいろな　ところへ　行きました。スマホで　電車の　時間を　しらべたり、レストランを　さがしたり　しました。レストランの　人は　英語を　話しましたから、よく　わかりました。母は「来年も　来たい」と　言いました。

　わたしたちが　行った　ところには、外国人が　たくさん　いました。**31**つぎは、外国人が　あまり　行かない　ところへ　行って、日本人と　日本語で　話したいです。

去了東京

Jason Park

　上週，我的母親來到日本。我和母親一起去了東京。**30 母親和我都不太會日語，所以覺得**有些**害怕**。

　在東京，我們去了餐廳、商店、寺廟等多個地方。我利用智慧型手機查詢電車的時間或是尋找餐廳。因為餐廳的人對我說的是英語，所以我聽得懂他在說什麼。母親說：「明年我還想來」。

　我們去的地方有許多外國人。**31 下一次我想去外國人不太去的地方，和日本人以日語交談。**

---

30 因為還不太懂日語（＝不擅長），所以感到害怕。

31 他想去外國人不太會去的地方（＝外國人較少的地方）。

　熟記單字及表現

☐こわい：害怕

☐お寺：寺廟

☐スマホ：智能手機

☐しらべます：查、調查

☐さがします：找、尋找

☐英語：英語

32 1

あおばまつり

ぜひ 来て ください！

日にち：9月12日（土）

ばしょ：中央公園

時間：9時から　15時まで

> ### くだものの　ケーキ
>
> ● 9時から　11時まで
> ● 1つ　300円
>
> いろいろな　くだものの
> ケーキを　うって　います。

> ### おもちゃ
>
> ● 11時から　15時まで
> ● 1つ　1,200円 ×
>
> 子どもも　おとなも　すきな
> おもちゃを　うって　います。

> ### こどもの　ふく
>
> ● 13時から　14時まで ×
> ● 1つ　1,000円
>
> 　かわいい　ふくを
> 　うって　います。

> ### やさい
>
> ● 14時から　15時まで ×
> ● 1つ　150円
>
> 　おいしい　やさいを
> 　うって　います。

10:30 〜 12:30→「童裝」和「蔬菜」為X

他帶的錢是1,000日圓→「玩具」為X

第3回

文字・語彙

文法

讀解

聽解

試題中譯

青葉祭
請一定要來！

日期：9 月 12 日（六）
地點：中央公園
時間：9:00 ～ 15:00

水果蛋糕

● 9:00 ～ 11:00
●一個 300 日圓
販售各種水果蛋糕。

玩具

● 11:00 ～ 15:00
●一個 1,200 日圓 ╳
販售小朋友和大人都喜歡的玩具。

童裝

● 13:00 ～ 14:00 ╳
●一個 1,000 日圓
販售可愛的童裝。

蔬菜

● 14:00 ～ 15:00 ╳
●一個 150 日圓
販售美味的蔬菜。

**熟記單字及表現**

□売ります：賣、販售
□ふく：衣服

問題1

例 4

男の人と女の人が話しています。女の人は、明日まずどこへ行きますか。

M：明日、映画を見に行きませんか。

F：すみません。明日はアメリカから友だちが来ますから、ちょっと…。

M：そうですか。空港まで行きますか。

F：いいえ、電車の駅で会います。それから、いっしょに動物園へ行きます。

女の人は、明日まずどこへ行きますか。

女性跟男性在講話，女性明天要先去哪裡？

男：明天要不要和我一起去看電影？
女：不好意思。明天我有朋友從美國來，所以不太方便。
男：這樣啊。你要去機場嗎？
女：不，我在電車站和他碰面。接著再一起去動物園。

女性明天要先去哪裡？

第1題 2

会社で、男の人と女の人が話しています。男の人は、明日何を持って行きますか。

M：あのう、すみません、明日の説明会は何時から何時までですか。

F：10時から16時までです。**おべんとうや飲みものは、自分で持ってきてください。**

M：説明会は、何をしますか。

要帶去的東西：便當、飲料、書寫用具（筆）

說明會會拿到的東西：資料、ID卡

F：会社のルールや、仕事の説明をします。しりょうがありますから、**ペンなど書くものを持ってきてください**。ＩＤカードは、明日わたします。

M：わかりました。

男の人は、明日何を持って行きますか。

公司裡，女性跟男性在講話。男性明天要帶什麼去？

男：那個，不好意思。明天的說明會是從幾點開始到幾點結束？
女：10:00 開始到 16:00 結束。**請自行攜帶便當及飲料。**
男：說明會要做什麼？
女：說明公司的規章以及工作內容。因為有資料，所以**請攜帶筆之類的書寫用具**。明天會發 ID 卡給你。
男：我知道了。

男性明天要帶什麼去？

 熟記單字及表現

□説明会：說明會 　　　□おべんとう：便當
□ルール：規定、規則 　□仕事：工作
□説明をします：說明 　□しりょう：資料
□ＩＤカード：ID卡

第2題　3

🔊 N5_3_05

駅で、女の人と駅員が話しています。女の人はどのボタンを押しますか。

F：あのう、大人二人と子ども三人、きっぷを買いたいです。どのボタンですか。

M：お子さんは何さいですか。

F：10さいと4さいと2さいです。

M：そうですか。**4さいと2さいのお子さんは、お金がかかりません。** ————

F：じゃあ、**大人二人と子ども一人でいいですか。** ————

M：**はい。** ————

F：わかりました。ありがとうございます。

女の人はどのボタンを押しますか。

4歲和2歲的小朋友不用錢。→購買二個大人和一個小孩的車票。

車站裡，女性正在和站務人員交談。女性要按哪一個按鈕？

女：那個…我想買二個大人和三個小孩的車票。我該按哪個按鈕？
男：您的小孩幾歲？
女：10 歲、4 歲和 2 歲。
男：這樣啊。**4 歲和 2 歲的小朋友不用錢。**
女：那麼**付二個大人和一個小孩的錢就可以了嗎？**
男：**是的。**
女：我知道了，謝謝您。

女性要按哪一個按鈕？

熟記單字及表現

□<ruby>駅員<rt>えきいん</rt></ruby>：車站工作人員
□ボタン：按鈕
□<ruby>押<rt>お</rt></ruby>します：按、摁
□きっぷ：票、車票
□お<ruby>金<rt>かね</rt></ruby>が かかります：花錢、開銷

第3題 2

🔊 N5_3_06

<ruby>男<rt>おとこ</rt></ruby>の<ruby>人<rt>ひと</rt></ruby>と<ruby>女<rt>おんな</rt></ruby>の<ruby>留学生<rt>りゅうがくせい</rt></ruby>が<ruby>話<rt>はな</rt></ruby>しています。<ruby>女<rt>おんな</rt></ruby>の<ruby>留学生<rt>りゅうがくせい</rt></ruby>はどのクラスで<ruby>勉強<rt>べんきょう</rt></ruby>しますか。

M：<ruby>日本語<rt>にほんご</rt></ruby>のクラスは、レベルが２つあります。はじめて<ruby>勉強<rt>べんきょう</rt></ruby>する<ruby>人<rt>ひと</rt></ruby>はレベル１、ひらがなとカタカナができる<ruby>人<rt>ひと</rt></ruby>はレベル２です。

F：そうですか。<ruby>私<rt>わたし</rt></ruby>は、<ruby>国<rt>くに</rt></ruby>でひらがなとカタカナを<ruby>勉強<rt>べんきょう</rt></ruby>しました。

M：じゃ、**レベル２ですね。**レベル２のクラスは、<ruby>朝<rt>あさ</rt></ruby>と<ruby>夜<rt>よる</rt></ruby>があります。どちらがいいですか。

F：<ruby>何時<rt>なんじ</rt></ruby>から<ruby>何時<rt>なんじ</rt></ruby>までですか。

M：<ruby>朝<rt>あさ</rt></ruby>は９<ruby>時<rt>じ</rt></ruby>から11<ruby>時<rt>じ</rt></ruby>、<ruby>夜<rt>よる</rt></ruby>は18<ruby>時<rt>じ</rt></ruby>から20<ruby>時<rt>じ</rt></ruby>までです。

F：**18<ruby>時<rt>じ</rt></ruby>からアルバイトがありますから、<ruby>夜<rt>よる</rt></ruby>はちょっと…。** ── 晚上要打工，所以是上早上的課。

M：じゃあ、こちらのクラスですね。

<ruby>女<rt>おんな</rt></ruby>の<ruby>留学生<rt>りゅうがくせい</rt></ruby>はどのクラスで<ruby>勉強<rt>べんきょう</rt></ruby>しますか。

男性正在和女留學生交談。女留學生是在哪一個班級上課？

男：日語班有二個級別。初學者是等級 1，已經學會平假名和片假名的人
　　則是等級 2。
女：原來如此。我在我的國家已經學過平假名和片假名。
男：那就是**等級 2**。等級 2 的班早上和晚上都有課。你要選哪一個？
女：上課時間是幾點到幾點？
男：早上是 9 點到 11 點，晚上是 18 點到 20 點。
女：**我 18 點開始要打工，晚上不太方便…。**
男：那就是選這一堂課囉。

女留學生是在哪一個班級上課？

熟記單字及表現

□〜は ちょっと…。（<ruby>婉曲的<rt>えんきょくてき</rt></ruby>に<ruby>断る<rt>ことわ</rt></ruby> <ruby>表現<rt>ひょうげん</rt></ruby>）：〜有點困難…。（委婉拒絕
他人的表達）

第4題　4　　　　　　　　　　　　　　　　🔊 N5_3_07

<ruby>女<rt>おんな</rt></ruby>の<ruby>人<rt>ひと</rt></ruby>と<ruby>男<rt>おとこ</rt></ruby>の<ruby>人<rt>ひと</rt></ruby>が<ruby>話<rt>はな</rt></ruby>しています。<ruby>女<rt>おんな</rt></ruby>の<ruby>人<rt>ひと</rt></ruby>は<ruby>何<rt>なに</rt></ruby>を<ruby>持<rt>も</rt></ruby>って<ruby>行<rt>い</rt></ruby>きます
か。

F：<ruby>明日<rt>あした</rt></ruby>のパーティー、おかしを<ruby>持<rt>も</rt></ruby>って<ruby>行<rt>い</rt></ruby>きましょうか。

M：おかしは<ruby>田中<rt>たなか</rt></ruby>さんが<ruby>持<rt>も</rt></ruby>ってきますから、だいじょうぶですよ。
　　<ruby>料理<rt>りょうり</rt></ruby>は<ruby>私<rt>わたし</rt></ruby>と<ruby>伊藤<rt>いとう</rt></ruby>さんが<ruby>作<rt>つく</rt></ruby>ります。**<ruby>飲<rt>の</rt></ruby>みものをおねがいします。**　　——　女性要帶飲料和杯子去。

F：はい、わかりました。　　　　　　　　　　　　　　　　　　　不需要帶點心和料理。

M：**それと、うちにはコップがあまりありませんから、コップもお**
　　ねがいします。

F：わかりました。<ruby>持<rt>も</rt></ruby>って<ruby>行<rt>い</rt></ruby>きます。

<ruby>女<rt>おんな</rt></ruby>の<ruby>人<rt>ひと</rt></ruby>は<ruby>何<rt>なに</rt></ruby>を<ruby>持<rt>も</rt></ruby>って<ruby>行<rt>い</rt></ruby>きますか。

女性跟男性在講話。女性要帶什麼去？

女：明天的派對，我們要不要帶點心去？
男：田中會帶點心來，所以不用費心。我和伊藤會準備料理，**飲料就麻煩
　　你了**。
女：好的，我知道了
男：**還有，我家沒幾個杯子，所以也要麻煩你準備杯子。**
女：我知道了，我會帶去的。

女性要帶什麼去？

□コップ：杯子

第5題　3　　　　　　　　　　　　🔊)) N5_3_08

男の人と女の人が話しています。男の人は、このあと何に乗りますか。

M：すみません、城山大学にはどうやって行きますか。

F：城山大学は、バスがべんりですよ。ほら、あそこのバスていから、2ばんのバスに乗ってください。あ、でも今日はもうありませんね。

M：そうですか。

F：電車でも行けますよ。ここから駅まで歩いて15分ぐらいです。**1ばんせんの電車ですよ。**

M：そうですか。**じゃあ、そうします。**ありがとうございました。　　　　　そうします＝搭電車

男の人は、このあと何に乗りますか。

女性跟男性在講話。男性在這之後要搭什麼交通工具？

男：不好意思。請問城山大學要怎麼去？
女：城山大學搭公車就很方便了。來，你從那裡的公車站牌搭2號公車。啊，不過今天已經沒車了。
男：這樣啊。
女：也可以搭電車去喔。從這裡走到車站大概15分鐘左右。**搭1號線的電車。**
男：這樣啊。**那我搭電車好了。**謝謝您。

男性在這之後要搭什麼交通工具？

熟記單字及表現

□バスてい：公車站
□～ばんせん：～號線

第3回

文字・語彙

文法

讀解

聽解

試題中譯

女の人と男の人が話しています。二人はいつ映画を見に行きますか。

F：この映画、いっしょに見に行きませんか。

M：いいですね。今日行きましょうか。

F：今日はいそがしいですから、ちょっと…。来週はどうですか。

M：火曜日と木曜日はだいじょうぶですよ。

F：そうですか。私は水曜日にテストがありますから、火曜日は勉強します。木曜日はどうですか。

M：いいですよ。楽しみですね。

二人はいつ映画を見に行きますか。

星期二：唸書

星期三：考試

星期四：去看電影

女性跟男性在講話。二人打算什麼時候去看電影？

女：這部電影，你要不要和我一起去看？
男：不錯耶。我們要不要今天去看？
女：今天很忙，所以不太方便…。下週怎麼樣？
男：我星期二和星期四都可以。
女：這樣啊。我星期三有考試，所以星期二要唸書。星期四如何？
男：好啊。我很期待。

二人打算什麼時候去看電影？

学校で、先生が学生に話しています。学生は、来週何を持って行きますか。

F：来週のテストは、12時に始まります。おくれないでください。それから、えんぴつとけしごむを持ってきてください。教室に時計がありませんから、時計も自分で持ってきてください。テストのとき、辞書を使ってはいけませんから、辞書は持ってこないでください。あ、それから、受験票を忘れないでくださいね。

学生は、来週何を持って行きますか。

要攜帶的物品：鉛筆、橡皮擦、時鐘、准考證。

字典不能帶。

老師在學校對學生說話。學生下週要帶什麼去？

女：下週的考試是 12 點開始。請不要遲到。還有，**請攜帶鉛筆和橡皮擦。**教室裡沒有時鐘，所以也**請自行攜帶時鐘。**考試時不可以使用字典，所以請不要帶字典。啊，還有，**請不要忘了攜帶准考證。**

學生下週要帶什麼去？

**熟記單字及表現**

□えんぴつ：鉛筆　　　　　　□けしごむ：橡皮擦
□時計（とけい）：鐘錶　　　　□辞書（じしょ）：字典
□受験票（じゅけんひょう）：准考證

問題2（もんだい）

例　3　　　　　　　　　　🔊N5_3_12

学校（がっこう）で、男（おとこ）の学生（がくせい）と女（おんな）の先生（せんせい）が話（はな）しています。男（おとこ）の学生（がくせい）はいつ先生（せんせい）と話（はな）しますか。

M：先生（せんせい）、レポートのことを話（はな）したいです。

F：そうですか。これから会議（かいぎ）ですから、3時（じ）からはどうですか。

M：すみません、3時半（じはん）からアルバイトがあります。

F：じゃあ、明日（あした）の9時（じ）からはどうですか。

M：ありがとうございます。おねがいします。

F：10時（じ）からクラスがありますから、それまで話（はな）しましょう。

男（おとこ）の学生（がくせい）はいつ先生（せんせい）と話（はな）しますか。

學校裡男學生和女老師正在交談。男學生要在什麼時候去找老師談話？

男：老師，我想和您談報告的事。
女：是嗎？接下來我要去開會，三點可以嗎？
男：不好意思，我三點半要打工。
女：那麼，明天九點可以嗎？
男：謝謝您。麻煩您了。
女：由於我十點有課，所以我們在那之前談完好嗎？

男學生要在什麼時候去找老師談話？

文字・語彙 文法 讀解 聽解 試題中譯

女の人と男の人が話しています。男の人はいつジョギングをします
か。

F：どうしましたか。つかれていますね。

M：今朝5キロ走りました。

F：へえ、そうですか。毎朝ジョギングをしていますか。

M：いいえ、**木曜日と週末だけです。**　　　　　　　　　　星期四、星期六和星期
　　　　　　　　　　　　　　　　　　　　　　　　　　　　日會去慢跑。
男の人はいつジョギングをしますか。

女性跟男性在講話。男性什麼時候去慢跑？

女：怎麼了，你看起來很累。
男：今天早上跑了五公里。
女：是喔！你每天早上都去慢跑嗎？
男：不，**只有星期四和週末而已。**

男性什麼時候去慢跑？

熟記單字及表現

□ジョギング：慢跑　　　　　　　　□〜キロ：〜公里
□週末：週末

ケーキ屋で、男の店員と女の人が話しています。女の人はどのケ
ーキを買いましたか。

M：いらっしゃいませ。

F：すみません、どんなケーキがありますか。

M：くだもののケーキと、チーズケーキと、チョコレートケーキ
　　があります。

F：じゃあ、**チーズケーキ1つください。**

M：くだもののケーキもおいしいですよ。いちごのケーキとりん
　　ごのケーキがあります。いかがですか。

F：**うーん、けっこうです。**　　　　　　　　　　　　　　她沒有買水果蛋糕。

女の人はどのケーキを買いましたか。

蛋糕店，男店員正在和一個女性交談。女性買了哪一種蛋糕？

男：歡迎光臨。
女：不好意思，請問店裡有什麼樣的蛋糕？
男：本店有水果蛋糕、起司蛋糕和巧克力蛋糕。
女：那麼，**請給我一個起司蛋糕。**
男：水果蛋糕也很好吃喔！有草莓蛋糕和蘋果蛋糕。您覺得如何？
女：**唔…不用了。**

女性買了哪一種蛋糕？

熟記單字及表現

□店員：店員
□チーズケーキ：起司蛋糕
□チョコレートケーキ：巧克力蛋糕
□けっこうです＝いらないです（不用了）

第3題　4

🔊 N5_3_15

会社で、男の人と女の人が話しています。女の人は今日何時に起きましたか。

M：おはようございます。あれ？　今日は早いですね。

F：今日はタクシーで来ました。

M：タクシー？　どうしましたか。

F：**いつもは朝6時半に起きますが、今日は7時半でした。** 1時間もおそかったです。びっくりして、いそいでタクシーに乗りました。

女の人は今日何時に起きましたか。

今天是七點半起床。

一男一女正在公司裡交談。女性今天幾點起床？

男：早安。咦？妳今天好早到。
女：我今天是搭計程車來的。
男：搭計程車？怎麼了嗎？
女：**我平常都是早上6點半起床，今天7點半才起床。** 晚了一個小時。
　　我嚇了一跳，就趕快搭計程車來了。

女性今天幾點起床？

□タクシー：計程車
□びっくりします：吃驚、嚇一跳
□いそぎます：急忙、趕緊

第4題　1

🔊 N5_3_16

ラジオで、女の人が話しています。女の人は、家に帰ってはじめに何をしますか。

F：仕事のあと、よくジムに行きます。**運動してから家に帰って、ごはんの前に、テレビを見ます。**ジムでシャワーをあびますから、ジムの日は家でおふろに入りません。ごはんのあと、寝る前に本を読みます。本を読むのが好きですから、毎晩読みます。

女の人は、家に帰ってはじめに何をしますか。

廣播中一個女性正在說話。女性回家後做的第一件事是什麼事？

女：工作結束後，我經常會去上健身房。**運動完之後就回家，吃飯之前會看電視。**因為在健身房已經洗過澡，所以上健身房的那一天，在家裡就不會洗澡。吃完飯之後，會在睡前看書。因為我很喜歡閱讀，所以每晚都會看書。

女性回家後做的第一件事是什麼事？

—— 健身房→回家→看電視→吃飯→看書→睡覺。

□ジム：健身房
□運動します：運動

_{がっこう}学校で、_{おんな}女の_{がくせい}学生と_{おとこ}男の_{がくせい}学生が_{はな}話しています。_{おんな}女の_{がくせい}学生は、_{いち ねん}一年に_{なん かい か ぞく あ}何回家族に会いますか。

F：もうすぐ_{なつ やす}夏休みですね。_{た なか}田中さんは_{なに}何をしますか。

M：_{わたし}私は_{りょ こう い}旅行に行きます。_{すず き}鈴木さんは？

F：_{わたし}私は_{か ぞく あ}家族に会います。_{いま}今、_{ひとり}一人で_{せい かつ}生活していますから、_{なが}長い
　　休みはいつも_{りょう しん}両親の_{いえ}家に_{かえ}帰ります。**_{なつ やす}夏休みと_{ふゆ やす}冬休み、それか**
　　_{はる やす}ら春休みも_{あ い}会いに行きます。

M：そうですか。_{たの}楽しみですね。

_{おんな}女の_{がく せい}学生は、_{いち ねん}一年に_{なん かい か ぞく あ}何回家族に会いますか。

　　　　　　　　　　　　　　　　　　　　　　　　　　　一年三次（暑假、寒假、
　　　　　　　　　　　　　　　　　　　　　　　　　　　春假）去見家人。

學校裡，女學生和男學生正在交談。女學生一年回家見家人幾次？

女：馬上就要放暑假了。田中同學打算做什麼？
男：我要去旅行。鈴木同學呢？
女：我要去見家人。我現在是獨自生活，所以有長假時通常都會回父母的
　　家。**暑假、寒假，還有春假也會回去見他們。**
男：這樣啊。真讓人期待呢。

女學生一年回家見家人幾次？

**熟記單字及表現**

□**_{せい かつ}生活します**：生活
□**_{なつ やす}夏休み**：暑假
□**_{ふゆ やす}冬休み**：寒假
□**_{はる やす}春休み**：春假

男の人と女の人が話しています。男の人は昨日何をしましたか。

M：昨日の休みは何をしましたか。

F：映画館に行きました。映画を見たあと、買いものをして帰り

　　ました。ダンさんは？

M：私はうちで国の料理を作りました。今度のパーティーで作りま　　　　　男性在家做料理。

　　すから、練習しました。

F：そうですか。

男の人は昨日何をしましたか。

女性跟男性在講話。男性昨天做了什麼事？

男：昨天放假你做了什麼事？
女：我去了電影院。看完電影後去買了東西才回家。鄧同學，你呢？
男：**我在家做我的國家的料理。下次的派對要做，所以做了練習。**
女：這樣啊。

男性昨天做了什麼事？

⭐**熟記單字及表現**

□練習します：練習

例　1

🔊 N5_3_20

> あさ、がっこうで せんせいに あいました。なんと言いますか。
>
> F：1　おはようございます。
>
> 　　2　おやすみなさい。
>
> 　　3　おつかれさまでした。

早上在學校遇見老師。要說什麼？
1　早安。
2　晚安。
3　您辛苦了。

第1題　1

🔊 N5_3_21

> じゅぎょうに おくれました。なんと言いますか。
>
> M：1　おくれて、すみません。
>
> 　　2　おくれますが、すみません。
>
> 　　3　おくれますから、すみません。

上課遲到了。要說什麼？
男：1　不好意思，我來晚了。
　　2　不好意思，我會遲到。
　　3　因為我會遲到，所以很不好意思。

～て：表示理由

例 好きな 人から メールが 来て、うれしいです。　因為喜歡的人傳訊息<u>來</u>，所以感到很開心。

第2題　2

🔊 N5_3_22

> レストランでピザを食べたいです。店の人に何と言いますか。
>
> F：1　ピザ、ごちそうさまでした。
>
> 　　2　ピザ、おねがいします。
>
> 　　3　ピザ、食べましょうか。

在餐廳想吃披薩。要對店員說什麼？
女：1　謝謝招待披薩。
　　2　麻煩你，我要點披薩。
　　3　我們要不要吃披薩？

ピザ：披薩

🍙 1 ごちそうさまでした：吃完飯時的寒暄語。

第3題　1

🔊 N5_3_23

> びよういんでかみを切りたいです。何と言いますか。
>
> M：1　短くしてください。
>
> 　　2　短くていいですね。
>
> 　　3　短くないです。

在美容院想剪頭髮。要說什麼？
男：1　請剪短。
　　2　短短的很不錯啊。
　　3　不短。

美容院：美容院
[い形容詞]～く します：使…變得 [い形容詞]

第4題　2

荷物が来ました。サインをします。何と
言いますか。

F：1　サインをおねがいします。

2　サイン、ここでいいですか。

3　サイン、しませんか。

貨物送來簽收的時候。要說什麼？
女：1　麻煩您簽名。
　　2　簽在這裡可以嗎？
　　3　你不簽名嗎？

荷物：貨物、行李

サイン：簽名、簽字

ここで いいですか。：這裡可以嗎？

第5題　3

美術館で絵の写真をとりたいです。何と
言いますか。

M：1　写真をとりましょうか。

2　写真をとってください。

3　写真をとってもいいですか。

想要在美術館拍畫作的照片。要說什麼？
男：1　我們要不要拍張照片？
　　2　請拍照。
　　3　我可以拍照嗎？

美術館：美術館

〜ても いいですか：可以…嗎？

🏷 1　〜ましょうか：做…吧？

2　〜て ください：請你…

問題4

例　2

F：お名前は。

M：1　18さいです。

2　田中ともうします。

3　イタリア人です。

女：請問您的名字是？
男：1　18歲。
　　2　我姓田中。
　　3　我是義大利人。

第1題　2

F：コーヒー、いかがですか。

M：1　はい、どうぞ。

2　あ、ありがとうございます。

3　すみません、ありません。

女：您要咖啡嗎？
男：1　是的，請。
　　2　啊，謝謝你。
　　3　不好意思，沒有。

いかがですか：向別人推薦食物或飲品時使用
的表達。

第2題　1

M：いっしょに昼ごはんを食べに行きませんか。

F：1　すみません、今、ちょっといそがしくて…。

　　2　はい、とてもおいしかったですね。

　　3　いいえ、あまり行きません。

男：你要不要和我一起去午餐？
女：1　不好意思，現在有點忙…。
　　2　是的，非常地好吃。
　　3　不，我不太去。

〜ませんか：要不要…？

第3題　3

M：授業はもう終わりましたか。

F：1　いいえ、終わります。

　　2　いいえ、終わりましたよ。

　　3　いいえ、まだです。

第3題

男：課已經上完了嗎？
女：1　不，會結束。
　　2　不，結束了。
　　3　不，還沒有。

もう 〜ました：已經…了

まだ：還（未）、仍舊

第4題　3

F：だれとお昼ごはんを食べましたか。

M：1　12時です。

　　2　カレーライスです。

　　3　一人で食べました。

女：你和誰一起吃中飯？
男：1　12點。
　　2　咖哩飯。
　　3　我一個人吃飯。

第5題　3

F：スピーチの練習はしましたか。

M：1　山田さん、とてもじょうずでしたよ。

　　2　それは心配ですね。

　　3　はい、たくさんしました。

女：演講練習了嗎？
男：1　山田先生非常地厲害喔。
　　2　那還真讓人擔心呢。
　　3　有，我練習了很久。

第6題　3

M：すみません、佐藤さんはどこにいますか。

F：1　どこでもいいです。

　　2　あそこにあります。

　　3　会議室にいます。

男：不好意思，請問佐藤先生在哪裡？
女：1　哪裡都可以。
　　2　在那裡。
　　3　他在會議室。

「佐藤さん（佐藤先生）」是人，所以動詞要用「います」而不是「あります」。

第3回　文字・語彙　文法　讀解　聽解　試題中譯

語言知識（文字・語彙）

問題1　請從1・2・3・4中，選出＿＿的詞語最恰當的讀法。

（例）那個孩子很小。
　1　×　2　小的　3　×　4　×

1 七點回家。
　1　×　2　回家　3　返回　4　違背

2 要不要一起喝杯茶？
　1　×　2　水　3　茶　4　×

3 騎自行車去公園。
　1　×　　　　2　自行車
　3　汽車　　　4　×

4 今天好熱。
　1　寒冷　2　×　3　×　4　熱的

5 這個蛋糕是六百日圓。
　1　×　2　×　3　×　4　六百

6 姐姐出生於1989年。
　1　出生　2　×　3　決定　4　組成

7 每個月去看電影。
　1　×　　　　2　每個月
　3　×　　　　4　×

8 這件外套稍微長了一點。
　1　寬廣的　　　2　狹窄的
　3　長的　　　　4　短的

9 我想買一件紅色的毛衣。
　1　藍色的　　　2　紅色的
　3　白色的　　　4　黑色的

10 我要去看煙火。
　1　×　2　×　3　×　4　煙火

11 這間房間很明亮。
　1　明亮的　　　2　×
　3　×　　　　　4　×

12 把電視的聲音轉大。
　1　聲音　2　人聲　3　顏色　4　味道

問題2　請從選項1・2・3・4中，選出＿＿的詞語最正確的漢字

（例）這台電視稍微便宜一些。
　1　低的　　　　2　暗的
　3　便宜的　　　4　不好的

13 請用原子筆寫下名字。
　1　×　　　　　2　原子筆
　3　×　　　　　4　×

14 不太有精神。
　1　×　　　2　精神　3　×　4　×

15 我早上閱讀報紙。
　1　×　　2　×　3　×　4　閱讀

16 明天要和哥哥見面。
　1　父親　2　哥哥　3　弟弟　4　母親

17 搭電車去學校。
　1　×　　2　×　3　電車　4　電話

18 我的妹妹是小學生。
　1　小學生　　　2　國中生
　3　高中生　　　4　大學生

19 我們鎮上有一間很大的電影院。
　1　車站　2　市　3　城鎮　4　村莊

20 我用走的去公司。
　1　×　　　　　2　公司
　3　×　　　　　4　公用事業企業

問題3　（　）該放入什麼字？請從1・2・3・4中選出最適合的選項。

（例）昨天（　）了足球。
　1　練習　　　　2　故障
　3　準備　　　　4　修理

21 我在日本料理的（　）吃了晚餐。
　1　公尺　　　　2　墨鏡
　3　餐廳　　　　4　美男子

22 我去圖書館（　　）書。

   1　回　2　返還　3　玩　4　忘記

23 這個城市有各式各樣的商店，所以很
（　　）。

   1　笨拙　2　拿手　3　安靜　4　便利

24 罹患流行性感冒時，請（　　）藥。

   1　喝　2　吃　3　生病　4　呼喚

25 請給我七（　　）牛奶。

   1　枚　2　個　3　冊　4　瓶

26 因為傍晚要開始下雨，所以（　　）傘出
門。

   1　攜帶　2　寫　3　穿　4　做

27 我在（　　）的生日得到一台相機。

   1　下個月　　　　　2　去年
   3　後天　　　　　　4　今晚

28 我從30分鐘前就在（　　）朋友，但他沒
來。

   1　買　　　　　　　2　拍（照片）
   3　等待　　　　　　4　會面

29 書店的隔壁有（　　）嗎？

   1　什麼　　　　　　2　什麼時候
   3　哪裡　　　　　　4　誰

30 晚上我通常在十點（　　）澡。

   1　切、割　　　　　2　需要
   3　淋（浴）　　　　4　入（泡）

**問題4　選項中有句子跟＿＿的句子意思幾
乎一樣。請從1、2、3、4中選出一個最適
合的答案。**

例　我想要日文的書。

   1　我擁有日文書。
   2　我看得懂日文書。
   3　我正在賣日文書。
   4　我想要買日文書。

31 學校從昨天開始放假到後天。

   1　學校放二天假。

   2　學校放三天假。

   3　學校放四天假。

   4　學校放五天假。

32 週末我並不有空。

   1　週末很乾淨。

   2　週末很熱鬧。

   3　週末很開心。

   4　週末很忙碌。

33 哥哥是英語教師。

   1　哥哥在教英語。

   2　哥哥在學英語。

   3　哥哥在研讀英語。

   4　哥哥在閱讀英語。

34 我的妻子不擅長游泳。

   1　我的妻子討厭游泳。

   2　我的妻子喜歡游泳。

   3　我的妻子游泳能力不佳。

   4　我的妻子游泳很簡單。

35 媽媽借了一個包包給妹妹。

   1　媽媽給了妹妹一個包包。

   2　媽媽向妹妹借了一個包包。

   3　妹妹給了媽媽一個包包。

   4　妹妹向媽媽借了一個包包。

語言知識（文法）‧讀解

**問題1　（　　）內要放什麼進去？請從1、
2、3、4的選項中選出一個最適合的答案。**

例　昨天我（　　）朋友去了公園。

   1　和　　2　把　　3　是　　4　或

1 這是（　　）法國買的包包。

   1　把　　2　在　　3　給　　4　的

2 A：「日語課是什麼時候？」

  B：「（　　）星期一和星期三。」

   1　×　　2　在　　3　是　　4　被

③ 公司就位於銀行和超市（　）中間。
　　1　和　　2　在　　3　的　　4　位於

④ 田中老師是位親切（　）有趣的人。
　　1　且　　2　又×　3　且×　4　和

⑤ 請在那棟大樓（　）右轉。
　　1　為止　2　在　　3　朝　　4　把

⑥ 我打電話（　）我自己國家的朋友。
　　1　給　　2　或　　3　用　　4　把

⑦ A：「電影幾點（　）？」
　　B：「還有五分鐘開場。」
　　1　為止　2　左右　3　開始　4　只有

⑧ 林先生喝了咖啡，我（　）了紅茶。
　　1　選　　2　是　　3　把　　4　的

⑨ 用餐（　）吃藥。
　　1　做～之前　　　2　在～之前
　　3　做～之後　　　4　在～之後

⑩ （　）信的時候會用到筆。
　　1　×　　2　寫　　3　×　　4　×

⑪ 森同學：「李同學是（　）國家的
　　　　　　　人？」
　　李同學：「中國。」
　　1　如何　　　　　2　哪一個
　　3　哪一位　　　　4　什麼樣的

⑫ A：「吃過午餐了嗎？」
　　B：「不。（　）吃。」
　　1　已經　2　還沒　3　經常　4　之後

⑬ A：「很棒的照片。（　）拍的呢？」
　　B：「是我拍的。」
　　1　誰是　2　對誰　3　誰　　4　和誰

⑭ 我喜歡看電影（　）。
　　1　這事　　　　　2　物
　　3　那裡　　　　　4　哪一個

⑮ A：「下週日公園有祭典喔！（　）和
　　　　我一起去？」
　　B：「好啊，我想去。」
　　1　要不要～去　2　去了嗎
　　3　沒去過嗎　　4　沒去嗎

⑯ A：「這是我去旅行的伴手禮。（　）
　　　　一份。」
　　B：「謝謝你。」
　　1　請給我　　　　2　麻煩你
　　3　請拿　　　　　4　想要

問題2　該放進 ＿★＿ 的單字是哪一個？請從1、2、3、4的選項中選出一個最適合的答案。

A「你何時＿＿＿＿　＿＿＿＿　＿★＿
　　＿＿＿＿？」
B「三月。」
　　1　故鄉　2　往　　3　大概　4　回去

（作答方式）
1. 組合出正確的句子。
　　A「你何時＿＿＿＿　＿＿＿＿　＿★＿
　　　　＿＿＿＿？」
　　3　大概　1　故鄉　2　往　　4　回去
　　B「三月。」
2. 將填入 ＿★＿ 的選項劃記到答案卡上。

⑰ 哥哥＿＿＿＿　＿＿＿＿　＿★＿
　　＿＿＿＿。
　　1　高　　2　身高　3　比我　4　×

⑱ 這把舊＿＿＿＿　＿＿＿＿　＿★＿
　　＿＿＿＿。
　　1　爸爸　2　是　　3　的　　4　傘

⑲ A：「您母親＿＿＿＿　＿＿＿＿　＿★＿
　　　　＿＿＿＿嗎？」
　　B：「是的。已經好了。」
　　1　了　　2　已經　3　病　　4　好

⑳ 車站的＿＿＿＿　＿＿＿＿　＿★＿
　　＿＿＿＿，變得很方便。
　　1　超市　　　　　2　隔壁
　　3　很大的　　　　4　落成了

21 這裡是我_____　　_____　　★_____
　　_____。
　　1　昨天　2　商店　3　來過　4　×

問題3　22 ～ 26 （　）該放入什麼字？思考文章的意義，從1‧2‧3‧4中選出最適合的答案。

　　王同學和艾莉同學各自寫了一篇以「電車」為題的作文，在全班同學面前朗讀。

（3）王同學的作文
　　第一次搭乘日本電車的時候，我嚇了一跳。車站 22 好多人。大家都排著隊等車上的人下車，然後前面的人才慢慢地上車。大家都遵守搭車的規則。 23 能夠舒適地搭電車。這是很棒的事。

（4）艾莉同學的作文
　　我的國家的電車 24 日本的電車有一點點不一樣。在我的國家，大家經常會在電車上聊天，所以非常地吵雜。日本人在電車上則是 25 ，都在閱讀報紙或書籍。我在電車上都在 26 智慧型手機聽音樂。各位在電車上都在做什麼呢？

22
　　1　有　2　有　3　看　4　做
23
　　1　最　　　　　2　在那之後
　　3　所以　　　　4　但是
24
　　1　×　2　和　3　×　4　在
25
　　1　正在說話　　2　我們談談吧
　　3　不說話　　　4　我想說

26
　　1　朝向　2　使用　3　在　　4　和

問題4　閱讀下列從（1）到（4）的文章，從1‧2‧3‧4中選出對問題最適合的回答。

（1）
　　上週的星期二到星期五我去了京都。星期二去參觀寺廟和購物。因為我很喜歡寺廟，所以星期三也去參觀了寺廟。星期四去電影院看電影。星期五則是購買土產。非常地開心。

27 「我」去參觀寺廟是在星期幾？
　　1　星期二和星期三
　　2　星期二和星期四
　　3　星期三和星期四
　　4　星期四和星期五

（2）
圖書館有一張告示。
　　　　　　致圖書館的各位使用者
　　今日將整理圖書館的圖書。書籍將不開放借閱。欲歸還的書請投入入口旁的收件箱。
　　二樓的空間將於下午一點至五點開放使用。入口處有張紙，請在紙上寫下姓名後再使用。
　　　　　　　　　　　　　　中央圖書館

28 我想還書。我該怎麼做？
　　1　交給圖書館的人。
　　2　投入圖書館入口旁的收件箱。
　　3　拿去二樓的空間。
　　4　在紙上寫下名字，放在桌上。

（3）

（在公司）

Yon先生的桌子上有一則留言。

Yon先生

　　12時15分左右，山田公司的森先生來電。他說希望更改明天會議的時間。請在16時之前回電。

　　由於森先生接下來要外出，所以請不要打電話到公司，而是打電話到森先生的手機。

佐藤　12:20

29 讀完這則留言，Yon先生要做什麼事？
　　1　明天打電話到森先生的公司。
　　2　明天打電話到森先生的手機。
　　3　16時之前打電話到森先生的公司。
　　4　16時之前打電話到森先生的手機。

問題5　閱讀以下文章，回答問題。從1・2・3・4中選出對問題最適合的回答。

這篇是Jason所寫的作文。

去了東京

Jason Park

　　上週，我的母親來到日本。我和母親一起去了東京。母親和我都不太會日語，所以覺得有些害怕。

　　在東京，我們去了餐廳、商店、寺廟等多個地方。我利用智慧型手機查詢電車的時間或是尋找餐廳。因為餐廳的人對我說的是英語，所以我聽得懂他在說什麼。母親說：「明年我還想來」。

　　我們去的地方有許多外國人。下一次我想去外國人不太去的地方，和日本人以日語交談。

30 為什麼會覺得害怕？
　　1　因為是第一次去東京
　　2　因為不知道電車的時間
　　3　因為沒有智慧型手機
　　4　因為不擅長日語

31 Jason現在是怎麼想的？
　　1　他想要和日本人去旅行。
　　2　他想要和朋友去旅行。
　　3　他明年想要再去一次相同的地方。
　　4　他想要去外國人比較少的地方。

問題6　閱讀右頁的文章，回答問題。從1・2・3・4中選出對問題最適合的回答。

32 Nao同學在10點半到12點半之間要去青葉祭。Nao同學帶了1,000日圓，他在哪一間店買東西呢？
　　1　水果蛋糕
　　2　玩具
　　3　童裝
　　4　蔬菜

青葉祭
請一定要來！

日期：9月12日（六）
地點：中央公園
時間：9:00～15:00

水果蛋糕
●9:00～11:00
●一個300日圓
販售各種水果蛋糕。

玩具
●11:00～15:00
●一個1,200日圓
販售小朋友和大人都喜歡的玩具。

童裝
●13:00～14:00
●一個1,000日圓
販售可愛的童裝。

蔬菜
●14:00～15:00
●一個150日圓
販售美味的蔬菜。

聽解

問題1
在問題1中，請先聽問題。聽完對話後，從試題冊上1～4的選項中，選出一個最適當的答案。

例
女性跟男性在講話，女性明天要先去哪裡？
男：明天要不要和我一起去看電影？
女：不好意思。明天我有朋友從美國來，所以不太方便。
男：這樣啊。你要去機場嗎？
女：不，我在電車站和他碰面。接著再一起去動物園。
女性明天要先去哪裡？

1　動物園
2　電影院
3　機場
4　電車站

第1題
公司裡，女性跟男性在講話。男性明天要帶什麼去？
男：那個，不好意思。明天的說明會是從幾點開始到幾點結束？
女：10:00開始到16:00結束。請自行攜帶便當及飲料。
男：說明會要做什麼？
女：說明公司的規章以及工作內容。因為有資料，所以請攜帶筆之類的書寫用具。明天會發ID卡給你。
男：我知道了。
男性明天要帶什麼去？

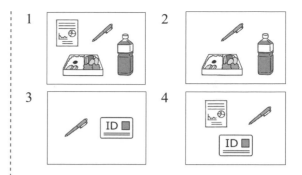

第2題
車站裡，女性正在和站務人員交談。女性要按哪一個按鈕？
女：那個…我想買二個大人和三個小孩的車票。我該按哪個按鈕？
男：您的小孩幾歲？
女：10歲、4歲和2歲。
男：這樣啊。4歲和2歲的小朋友不用錢。
女：那麼付二個大人和一個小孩的錢就可以了嗎？
男：是的。
女：我知道了，謝謝您。
女性要按哪一個按鈕？
きっぷ：車票

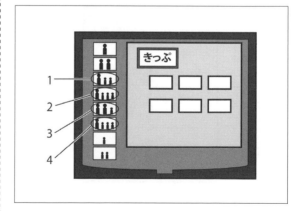

第3題
男性正在和女留學生交談。女留學生是在哪一個班級上課？
男：日語班有二個級別。初學者是等級 1，

文字·語彙

文法

讀解

聽解

試題中譯

145

已經學會平假名和片假名的人則是等級 2。

女：原來如此。我在我的國家已經學過平假名和片假名。

男：那就是等級 2。等級 2的班早上和晚上都有課。你要選哪一個？

女：上課時間是幾點到幾點？

男：早上是9點到11點，晚上是18點到20點。

女：我18點開始要打工，晚上不太方便…。

男：那就是選這一堂課囉。

女留學生是在哪一個班級上課？

あおばにほんごクラス：青葉日語班

あさ：早上

よる：晚上

9じ：9點

11じ：11點

18じ：18點

20じ：20點

レベル1：等級1

レベル2：等級2

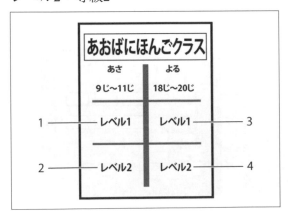

第4題

女性跟男性在講話。女性要帶什麼去？

女：明天的派對，我們要不要帶點心去？

男：田中會帶點心來，所以不用費心。我和伊藤會準備料理，飲料就麻煩你了。

女：好的，我知道了

男：還有，我家沒幾個杯子，所以也要麻煩你準備杯子。

女：我知道了，我會帶去的。

女性要帶什麼去？

1

2

3

4

第5題

女性跟男性在講話。男性在這之後要搭什麼交通工具？

男：不好意思。請問城山大學要怎麼去？

女：城山大學搭公車就很方便了。來，你從那裡的公車站牌搭2號公車。啊，不過今天已經沒車了。

男：這樣啊。

女：也可以搭電車去喔。從這裡走到車站大概15分鐘左右。搭1號線的電車。

男：這樣啊。那我搭電車好了。謝謝您。

男性在這之後要搭什麼交通工具？

1　1號公車

2　2號公車

3　1號線的電車

4　2號線的電車

第6題

女性跟男性在講話。二人打算什麼時候去看電影？

女：這部電影，你要不要和我一起去看？

男：不錯耶。我們要不要今天去看？

女：今天很忙，所以不太方便…。下週怎麼樣？

男：我星期二和星期四都可以。

女：這樣啊。我星期三有考試，所以星期二要唸書。星期四如何？

男：好啊。我很期待。

二人打算什麼時候去看電影？

1　星期一
2　星期二
3　星期三
4　星期四

第7題

老師在學校對學生說話。學生下週要帶什麼去？

女：下週的考試是12點開始。請不要遲到。還有，請攜帶鉛筆和橡皮擦。教室裡沒有時鐘，所以也請自行攜帶時鐘。考試時不可以使用字典，所以請不要帶字典。啊，還有，請不要忘了攜帶准考證。

學生下週要帶什麼去？

じゅけんひょう：准考證

1 　2

3 　4

問題2

在問題2中，請先聽問題。聽完對話後，從試題冊上1～4的選項中，選出一個最適當的答案。

例

學校裡男學生和女老師正在交談。男學生要在什麼時候去找老師談話？

男：老師，我想和您談報告的事。

女：是嗎？接下來我要去開會，三點可以嗎？

男：不好意思，我三點半要打工。

女：那麼，明天九點可以嗎？

男：謝謝您。麻煩您了。

女：由於我十點有課，所以我們在那之前談完好嗎？

男學生要在什麼時候去找老師談話？

1　今天三點
2　今天三點半
3　明天九點
4　明天十點

第1題

女性跟男性在講話。男性什麼時候去慢跑？

女：怎麼了，你看起來很累。

男：今天早上跑了五公里。

女：是喔！你每天早上都去慢跑嗎？

男：不，只有星期四和週末而已。

男性什麼時候去慢跑？

日月火水木金土：日語的星期說法。依序代表日一二三四五六

1 　2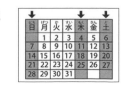

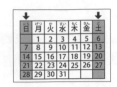

第2題

蛋糕店，男店員正在和一個女性交談。女性買了哪一種蛋糕？

男：歡迎光臨。

女：不好意思，請問店裡有什麼樣的蛋糕？

男：本店有水果蛋糕、起司蛋糕和巧克力蛋糕。

女：那麼，請給我一個起司蛋糕。

男：水果蛋糕也很好吃喔！有草莓蛋糕和蘋果蛋糕。您覺得如何？

女：唔…不用了。

女性買了哪一種蛋糕？

1 草莓蛋糕

2 蘋果蛋糕

3 起司蛋糕

4 巧克力蛋糕

第3題

一男一女正在公司裡交談。女性今天幾點起床？

男：早安。咦？妳今天好早到。

女：我今天是搭計程車來的。

男：搭計程車？怎麼了嗎？

女：我平常都是早上6點半起床，今天7點半才起床。晚了一個小時。我嚇了一跳，就趕快搭計程車來了。

女性今天幾點起床？

第4題

廣播中一個女性正在說話。女性回家後做的第一件事是什麼事？

女：工作結束後，我經常會去上健身房。運動完之後就回家，吃飯之前會看電視。因為在健身房已經洗過澡，所以上健身房的那一天，在家裡就不會洗澡。吃完飯之後，會在睡前看書。因為我很喜歡閱讀，所以每晚都會看書。

女性回家後做的第一件事是什麼事？

第5題

學校裡，女學生和男學生正在交談。女學生一年回家見家人幾次？

女：馬上就要放暑假了。田中同學打算做什麼？

男：我要去旅行。鈴木同學呢？

女：我要去見家人。我現在是獨自生活，所以有長假時通常都會回父母的家。暑假、寒假，還有春假也會回去見他們。

男：這樣啊。真讓人期待呢。

女學生一年回家見家人幾次？

1 一次
2 二次
3 三次
4 四次

第6題

女性跟男性在講話。男性昨天做了什麼事？

男：昨天放假你做了什麼事？

女：我去了電影院。看完電影後去買了東西才回家。鄧同學，你呢？

男：我在家做我的國家的料理。下次的派對要做，所以做了練習。

女：這樣啊。

男性昨天做了什麼事？

1 看電影
2 購物
3 作菜
4 去派對

問題3

在問題3中，請一邊看圖一邊聽問題。箭頭（→）所指的人說了些什麼？從1～3的選項中，選出最符合情境的發言。

例

早上在學校遇見老師。要說什麼？

1 早安。
2 晚安。
3 您辛苦了

第1題

上課遲到了。要說什麼？

男：1 不好意思，我來晚了。
　　2 不好意思，我會遲到。
　　3 因為我會遲到，所以很不好意思。

第2題

在餐廳想吃披薩。要對店員說什麼？

女：1 謝謝招待披薩。
　　2 麻煩你，我要點披薩。
　　3 我們要不要吃披薩？

第3題

在美容院想剪頭髮。要說什麼？

男：1　請剪短。

　　2　短短的很不錯啊。

　　3　不短。

第4題

貨物送來簽收的時候。要說什麼？

女：1　麻煩您簽名。

　　2　簽在這裡可以嗎？

　　3　你不簽名嗎？

第5題

想要在美術館拍畫作的照片。要說什麼？

男：1　我們要不要拍張照片？

　　2　請拍照。

　　3　我可以拍照嗎？

問題4

問題4沒有任何圖像。請先聽一句話，再從選項1～3中，選出最恰當的答案。

例

女：請問您的名字是？

男：1　18歲。

　　2　我姓田中。

　　3　我是義大利人。

第1題

女：您要咖啡嗎？

男：1　是的，請。

　　2　啊，謝謝你。

　　3　不好意思，沒有。

第2題

男：你要不要和我一起去午餐？

女：1　不好意思，現在有點忙…。

　　2　是的，非常地好吃。

　　3　不，我不太去。

第3題

男：課已經上完了嗎？

女：1　不，會結束。

　　2　不，結束了。

　　3　不，還沒有。

第4題

女：你和誰一起吃中飯？

男：1　12點。

　　2　咖哩飯。

　　3　我一個人吃飯。

第5題

女：演講練習了嗎？

男：1　山田先生非常地厲害喔。

　　2　那還真讓人擔心呢。

　　3　有，我練習了很久。

第6題

男：不好意思，請問佐藤先生在哪裡？

女：1　哪裡都可以。

　　2　在那裡。

　　3　他在會議室。

文字・語彙

文　法

讀　解

聽　解

試題中譯

台灣廣廈 國際出版集團
Taiwan Mansion International Group

國家圖書館出版品預行編目（CIP）資料

新日檢試驗 N5 絕對合格：文字、語彙、文法、讀解、聽解完全解析 / アスク
出版編集部著；劉芳英譯. -- 初版. -- 新北市：國際學村, 2024.01
　　面；　公分.
　ISBN 978-986-454-323-6（平裝）
　1.CST: 日語　2.CST: 能力測驗

803.189　　　　　　　　　　　　　　　　　　　112019314

國際學村

新日檢試驗 N5 絕對合格

編　　者／アスク編集部　　　　編輯中心編輯長／伍峻宏・編輯／尹紹仲
翻　　譯／劉芳英　　　　　　　封面設計／何偉凱・內頁排版／菩薩蠻數位文化有限公司
　　　　　　　　　　　　　　　製版・印刷・裝訂／皇甫・秉成

讀解・聽解單元出題協力

日本自由講師／チョチョル（上久保）明子、學校法人DBC學院 國際情報商業專門學校 日語
學系教務主任／濱田修、京都日語學校前任講師／松本汐理

語言知識單元出題協力

飯塚大成、碇麻衣、氏家雄太、占部匡美、遠藤鉄兵、大澤博也、カインドル宇留野聡美、笠
原絵里、嘉成晴香、後藤りか、小西幹、櫻井格、鈴木貴子、柴田昌世、田中真希子、戸井美幸、
中越陽子、中園麻里子、西山可菜子、野島恵美子、二葉知久、松浦千晶、松村千尋、三垣亮子、
森田英津子、森本雅美、矢野まゆみ、山野井瞳、横澤夕子、横野登代子（依五十音順序排序）

行企研發中心總監／陳冠蒨　　　　線上學習中心總監／陳冠蒨
媒體公關組／陳柔彣　　　　　　　數位營運組／顏佑婷
綜合業務組／何欣穎　　　　　　　企製開發組／江季珊、張哲剛

發 行 人／江媛珍
法 律 顧 問／第一國際法律事務所 余淑杏律師・北辰著作權事務所 蕭雄淋律師
出　　版／國際學村
發　　行／台灣廣廈有聲圖書有限公司
　　　　　地址：新北市235中和區中山路二段359巷7號2樓
　　　　　電話：（886）2-2225-5777・傳真：（886）2-2225-8052
讀者服務信箱／cs@booknews.com.tw

代理印務・全球總經銷／知遠文化事業有限公司
　　　　　地址：新北市222深坑區北深路三段155巷25號5樓
　　　　　電話：（886）2-2664-8800・傳真：（886）2-2664-8801
郵 政 劃 撥／劃撥帳號：18836722
　　　　　劃撥戶名：知遠文化事業有限公司（※單次購書金額未達1000元，請另付70元郵資。）

■ 出版日期：2024年01月　　　　ISBN：978-986-454-323-6
　　　　　　2024年06月2刷　　　版權所有，未經同意不得重製、轉載、翻印。

はじめての日本語能力試験　合格模試 N5
© ASK Publishing Co., Ltd 2020
Originally Published in Japan by ASK publishing Co., Ltd., Tokyo